Stromschwimmer

Kerstin Lange, Jahrgang 1966, geboren in einer oberbergischen Kleinstadt, aufgewachsen im Sauerland, hat viele Jahre am Niederrhein gelebt. Leipzig ist eine ihrer Lieblingsstädte. Es hat sie gereizt, einen Krimi zu schreiben, der Leipzig mit ihrer niederrheinischen Heimat verbindet. Als besondere Ehre empfand sie es, dass das Manuskript 2012 als eins von fünf Werken für den Leipziger Krimipreis nominiert wurde.

KERSTIN LANGE

Stromschwimmer

KRIMINALROMAN

emons:

Bibliografische Information der Deutschen Nationalbibliothek
Die Deutsche Nationalbibliothek verzeichnet diese Publikation in der Deutschen Nationalbibliografie; detaillierte bibliografische Daten sind im Internet über http://dnb.d-nb.de abrufbar.

FSC
www.fsc.org
MIX
Papier aus verantwortungsvollen Quellen
FSC® C083411

Umschlagmotiv: photocase.com/suze
Umschlaggestaltung: Tobias Doetsch
Gestaltung Innenteil: César Satz & Grafik GmbH, Köln
Lektorat: Lisa Bitzer
Druck und Bindung: CPI – Clausen & Bosse, Leck
Printed in Germany 2014
ISBN 978-3-95451-277-5
Originalausgabe

1

Elke Schönherr stieg die Stufen hoch. Mit der rechten Hand stützte sie sich an den rauen Mauersteinen ab. Die Wendeltreppe zur Aussichtsplattform war schmal und steil. Sie keuchte. Nach drei Schritten blieb sie stehen, schnappte nach Luft. Ihre Lungen brannten, der Hals schmerzte. Wie viele Stufen musste sie noch erklimmen? Sie wusste es nicht. Bei der fünfundfünfzigsten war sie gestolpert, hatte innehalten müssen und war durcheinandergeraten. Zählen, Keuchen, Luft holen und Achtgeben, dass sie die Füße hoch genug hob – das war zu viel auf einmal gewesen. Mit nach vorn gebeugtem Oberkörper und geschlossenen Augen hatte sie ihre Kräfte gesammelt, sich auf ihr Ziel konzentriert und war weitergegangen. Einatmen – eins, zwei. Ausatmen – eins, zwei, drei. Es war wichtig, dass sie diesen Rhythmus beibehielt.

Von der Krypta bis zur Aussichtsplattform waren es dreihundertvierundsechzig Stufen. Es hatte Zeiten in ihrem Leben gegeben, in denen ihr diese Zahl keine Angst eingeflößt hatte. Die vielen Stufen hätten ihr nichts ausgemacht und wären ein ideales Trainingsprogramm gewesen. Elke wäre hoch- und runtergelaufen, hätte die Prozedur vermutlich sogar mehrfach wiederholt. Doch jetzt machte ihr Körper nicht mehr mit. Ihre Muskeln waren verschwunden, hatten Fettgewebe Platz gemacht. Sie verfügte kaum noch über Kraft. Natürlich hätte sie den Aufzug nehmen können, doch heute wollte sie nicht den leichtesten Weg gehen. Ein letztes Mal wollte sie diesen unbändigen Stolz fühlen, der sich einstellte, wenn man den Kampf gegen den eigenen Körper gewonnen, etwas Unmögliches geschafft hatte. Sie lächelte, trotzte den Schmerzen. Dass selbst Treppensteigen für sie zum Hochleistungssport werden würde, wäre ihr als Teenager nie in den Sinn gekommen. Damals war ihr Weg vorgezeichnet gewesen.

Elke hatte nie etwas anderes gewollt als Schwimmen. Sie hatte getan, was man ihr sagte, geschluckt, was man ihr gab. Die Veränderungen ihres Körpers abgetan, alle Warnhinweise ignoriert und sich über die immer besser werdenden Wettkampfzeiten gefreut.

Ein Lob des Trainers war wichtiger als Familie, Freunde oder andere Freizeitaktivitäten. Alles drehte sich um den Sport.

Das Internat war ihr wie das Paradies erschienen, obwohl der Drill immens gewesen war. Ihr Ziel war immer nur Olympia. Sie hatte auf dem Treppchen stehen, ihren Fans zuwinken und so erfolgreich wie ihr Idol Barbara Krause werden wollen.

Wieder musste sie innehalten, um Luft zu holen. Den Schwindel in ihrem Kopf missachtete sie. Stattdessen versuchte sie, sich an die Parolen des Trainers zu erinnern. »Elke, du schaffst es. Du kannst es! Du bist die Beste.«

Sie lächelte, liebte ihre Erinnerungen. An das Internat, an die Gemeinschaft. Auch wenn sie Konkurrentinnen im Kampf um die besten Zeiten gewesen waren, waren sie dennoch ein Haufen kichernder und schwätzender junger Mädchen. Britt, Gabi, Esther und sie. Trotz der Rivalität um die besten Zeiten und die Aufmerksamkeit des Trainers waren sie fast Freundinnen gewesen.

»Schlimmer als ein Nest voller Jungvögel. Lerchen, weil wir hier in Leipzig sind«, hatte der Trainer immer gelacht.

Damals war sie ein Mensch gewesen, den sie selbst gemocht hatte. Die Leute um sie herum hatten sie so genommen, wie sie war. Ein gutes Gefühl – eines, das ihr vorher nicht bekannt gewesen war. Die Zukunft hatte rosig vor ihr gelegen. Alles war gut, solange sie schwimmen konnte. Im Wasser fühlte sich Elke leicht und elegant. Geschmeidig glitten die Arme ins kühle Nass, teilten es und brachten sie schnell ans andere Ende des Beckens. Anschlag, Rolle und zurück. Bahn für Bahn. Selbst jetzt, wenn sie die Augen schloss und daran dachte, spürte sie ihren federleichten Körper und das Gefühl von Schwerelosigkeit.

Elke blieb stehen, ignorierte das schmerzhafte Seitenstechen und hielt die Augen noch immer geschlossen. Sie tauchte ab in ihre Erinnerungen an die schönste Zeit in ihrem Leben. Das Wasser rauschte, sie genoss die sanften Wellenbewegungen auf ihrer Haut, nahm sogar einen leichten Chlorgeruch wahr. Sie hörte den Applaus der Zuschauer, spürte die breite Brust des Trainers, der sie an sich drückte. Roch nach all den Jahren sein Rasierwasser. Plötzlich waren Arme und Beine leicht und schmerzlos.

Tränen liefen ihr über das Gesicht.

»Ich muss es zu Ende bringen«, murmelte sie und öffnete die Augen. Sie sah die weiße Wendeltreppe wie einen Eisberg vor sich, holte tief Luft und stieg Stufe für Stufe weiter hinauf.

Den ersten Anzeichen hatte sie damals keine Beachtung geschenkt. Die Pillen gegen die vielen kleinen Wehwehchen halfen. Am Tag des entscheidenden Wettkampfes tat sie die Kopfschmerzen als Zeichen von Nervosität ab. Ebenso das Magendrücken. Der Trainer gab ihr etwas gegen den Stress, was sie dankbar schluckte. Wie sie alles nahm, was er ihr gab. Wichtig war nur, dass sie an diesem Tag die Beste war. Alles andere war unwichtig. Als der Startschuss ertönte, sprang sie ins Wasser und schwamm los.

An das, was dann passierte, erinnerte sie sich nur schemenhaft. Rechts und links von ihr zogen die Mädchen vorbei. Sosehr sie sich auch anstrengte, die anderen waren schneller. Als nach zweihundert Metern der Wettkampf beendet war, lag sie an fünfter Stelle. Sie hielt sich kraftlos am Beckenrand fest, begriff nicht, was geschehen war. Ihr Körper wog Tonnen. Niemand nahm Notiz von ihr.

Elke sah, wie ihr Trainer der Siegerin, ausgerechnet Britt, gratulierte, sie drückte und in den Arm nahm. Dann verwischte die Welt zu undeutlichen Bildern, alles lag im Nebel. Ein junger Mann kam auf Elke zu, bat sie, aus dem Wasser zu kommen. Sie blieb stumm und bewegungslos. Er war es, der bemerkte, dass mit ihr etwas nicht stimmte, und den Arzt rief.

Erst im Krankenhaus kam Elke wieder zu sich. Diagnose: totaler Zusammenbruch. Ihr Körper wehrte sich. Gegen Amphetamine, gegen Hormone, gegen die Überbelastung. Eine Schwester sagte ihr, dass sie sich glücklich schätzen könne, weil es ein gutes Ende genommen habe. Mit leistungssteigernden Mitteln sei nicht zu spaßen, Organversagen und Schlimmeres folgten normalerweise.

Aber Elke wäre lieber tot gewesen.

Nach Wochen durfte sie das Krankenhaus verlassen. Die Internatsleitung teilte ihr mit, dass sie nicht mehr berechtigt war, das Sportinstitut zu besuchen. Sie ging wieder in eine normale Klasse auf einer ganz normalen Schule in der Nähe ihres Wohnortes. Elke fand keine Freundin. Es gab niemanden, der ihre Gesellschaft suchte. Sie stieg nie wieder in ein Schwimmbecken. Vom Abtrainieren hatte ihr niemand etwas gesagt. Von hundert auf null.

Trost fand sie im Essen. Heimlich hortete sie Süßigkeiten. Schokolade, Kuchen und Kartoffelchips. Milkshakes, Eis und Pizza. Ihr Körper veränderte sich. Es gab keinen Sport mehr, die Muskeln verschwanden, dafür nahm sie Kilo für Kilo zu. Monat für Monat. Weder der Trainer noch eine der angeblichen Freundinnen hatten sich jemals wieder bei ihr gemeldet.

Sie wischte sich eine Träne aus dem Augenwinkel. Jetzt werde ich auch noch wehleidig, dachte sie zornig. Aber da sonst niemand um sie trauern würde, war es egal. Erneut zwang sie der Schwindel, stehen zu bleiben. Um ans Ziel zu gelangen, musste sie ihn ignorieren.

»Elke, du schaffst es. Du kannst es! Du bist die Beste«, spornte sie sich an.

Sie musste diesen Kampf gewinnen. Ihren letzten. Ein kaputter Körper kämpfte gegen einen kaputten Geist. Gut, dass niemand sie sah. Schon gar nicht ihre ehemaligen Kolleginnen. Statt Neid stände nur Spott in ihren Augen. Was sie wohl heute machten? Den großen Sprung nach ganz oben hatte keine von ihnen geschafft.

Noch eine Stufe. Sie hievte ihren Leib, der nicht zu ihr zu gehören schien, hoch, blieb erneut stehen.

Sie fragte sich, warum sie nicht liebenswert war. Ihre Gedanken wanderten zu Tanja. Bis gestern hatte Elke gedacht, dass sie ihre Freundin wäre. Nach anfänglicher Skepsis hatte sie Vertrauen zu der schlanken, hübschen Person gefasst, die immer gut gelaunt war. Jemand, der das Leben nicht so ernst nahm und Elke mitriss. So einen Menschen konnte man nur lieben.

Wäre alles anders gekommen, wenn sie Tanja mit der Figur einer Spitzensportlerin begegnet wäre? Muskulös, kraftvoll, mit breiter Brust und mit der Kondition einer Löwin? Sie verneinte. Es war egal, vorbei und die Frage unsinnig.

Sie würde Tanja vermissen. Ihr Lachen, ihren Optimismus. Ihre Offenheit. Tanja war in der Lage, fremde Menschen ohne Scheu anzusprechen. War sofort mit jedem befreundet. Elke dachte an die Spaziergänge mit ihr. Auch an den ersten, kurz nachdem sie sich kennengelernt hatten. Sie waren im Palmengarten gewesen, hatten erzählt und gelacht. Bis zum Wehr waren sie gekommen. Ab da ging nichts mehr. Elke blieb stehen, starrte aufs Wasser. Alles um sie herum verschwamm, sie hörte nur das Rauschen ihres eigenen Blutes in ihren Ohren, konnte keinen Meter weitergehen. Wie angewurzelt stand sie da, nicht in der Lage, den Blick vom Wasser zu nehmen. Bis Tanja sie sanft am Arm berührte und vorsichtig wegzog. Sie an der Hand nahm und gemeinsam mit ihr den Weg zurückging. Erst ein paar Meter weiter, als nur noch Wiesen und Büsche zu sehen waren, entspannte sich Elke.

»Du musst nichts sagen oder erklären. Nicht jetzt. Vielleicht irgendwann einmal. Damit ich dich besser verstehen kann.«

Tanjas sanfte Stimme klang noch immer in Elkes Ohr. Sie liebte sie. Von Tanja waren nie ein verständnisloser Blick oder eine hochgezogene Augenbraue zu erwarten. Der erste Mensch, der Elke nahm, wie sie war, ohne etwas von ihr zu erwarten.

Der Schmerz in der Magengegend wurde stärker. Sie presste ihre Hand auf den Unterbauch. Aus Angst, nicht wieder hochzukommen, ignorierte sie den Drang, sich zu setzen. Mit zittrigen Fingern kramte sie in ihrer Handtasche nach den Tabletten und drückte zwei Stück aus dem Blister. Sie sammelte den Speichel in ihrem Mund – an eine Wasserflasche hatte sie nicht gedacht. Die Wirkung der Medikamente ließ immer früher nach, darum erhöhte sie seit Wochen die Dosis.

Was für ein Teufelskreislauf.

Schweißperlen rannen ihren Rücken entlang, das T-Shirt klebte auf der Haut, und das Herz klopfte bis zum Hals. Ihr Ziel. Sie durfte ihr Ziel nicht aus den Augen verlieren! Drei Atemzüge später setzte sie ihren Anstieg fort.

Ihre Hand wanderte zu der Gesäßtasche ihrer Hose. Sie spürte das Papier, hörte das leise Knistern. Die nächste Stufe. Im Nacken kräuselte sich das nass geschwitzte Haar, der Schweiß drang mittlerweile aus allen Poren, tropfte in ihre Augen. Elke blinzelte. Wann war sie oben? Weit konnte es nicht mehr sein. Wieder ein tiefer Atemzug, und endlich kam der Treppenabsatz in Sicht.

Wider Erwarten war sie nicht die einzige Besucherin um diese Zeit. Ein älterer Herr stand am Geländer und genoss die Aussicht auf die Stadt. Er streifte sie mit einem Blick, setzte zu einer Begrüßung an, beließ es dann aber bei einem Kopfnicken und ging.

Elke lehnte sich erschöpft an die Mauer. Sie wartete, bis sich der Herzschlag beruhigte und der Schwindel verflog. Ihr Kreislauf war am Limit. T-Shirt und Haare nass, selbst die Unterhose klebte. Trotzdem lächelte sie. Das Völkerschlachtdenkmal in Leipzig – der perfekte Ort.

Ihr Blick wanderte zum Krematorium, das inmitten der Wiesen stand. Tod. Einsamkeit. Trauer. Ob auch jemand um sie trauern würde? Ihre Mutter sicher nicht, aber vielleicht Tante Miriam. Und hoffentlich Tanja.

Wie viele zerstörte Träume hielt ein Mensch aus?

Sie nahm Tanjas Brief aus der Gesäßtasche und zerriss ihn in kleine Fetzen. Schaute den weißen Schnipseln nach, wie sie vom Wind weit fortgetragen wurden. Ein leichter Windstoß kühlte ihre Haut.

Ein letztes Mal schaute sich Elke um. Der Mann war fort, sie war allein. Es war niemand da, der sie abhalten konnte. Sie kletterte auf das Geländer und blickte in die Tiefe. Ihre Knie zitterten ein wenig, doch es gab kein Zurück. Die Papierreste waren fort. Es gab nichts, was sie aufhalten konnte. Eine Gänsehaut überzog ihren Körper, als der Wind auffrischte. Fast wie früher, dachte sie und lächelte. Es war ein guter Plan. Der beste, den sie seit langer Zeit gefasst hatte. Fliegen wie ein Vogel statt schwimmen wie ein Fisch.

Sie breitete die Arme aus und ließ sich fallen.

2

Tom Meyer stieß einen Laut des Erstaunens aus. »Das ist ja interessant. Das Obduktionsergebnis von Elke Schönherr liegt vor. Jetzt haltet euch fest.«

Er überflog die Zeilen, leise vor sich hin murmelnd, bevor er zusammenfasste: »Der Körper von Elke Schönherr war ein Wrack. Sie war viel zu dick, ihr Cholesterinwert zu hoch. Aber das war ja offensichtlich. An Leber, Nieren und Milz wurden toxisch bedingte Veränderungen festgestellt. Die rechte Herzkammer weist eine starke muskuläre Wandverdickung auf, elf Millimeter. In absehbarer Zeit hätte das Herz aufgehört zu schlagen. Sie muss ständig Schmerzmittel geschluckt haben. Obwohl erst dreiunddreißig Jahre alt, war ihr Körper der einer alten Frau. Der Arzt schreibt, dass das typische Folgen von jahrelangem Anabolikamissbrauch seien. Allem Anschein nach hat sie früher mal gedopt.« Tom schaute in die Runde. »Wisst ihr da etwas drüber?«

Camilla Grunewald antwortete: »Sie lebte bei ihrer Mutter hier in Leipzig. Sie scheinen kein gutes Verhältnis gehabt zu haben. Die Mutter erzählte bei der ersten Begegnung, dass Elke früher geschwommen ist und wohl recht gut war. Allerdings reichte es nicht für eine Karriere im Schwimmsport, also hat sie nach der Schule eine Lehre als Verkäuferin gemacht. Im Moment hatte sie jedoch keinen Job, wegen der Depressionen. Deswegen war sie auch in Behandlung. Von körperlichen Krankheiten oder Schmerzmitteln hat die Mutter nichts erzählt. Es gibt keinen Abschiedsbrief. Elke Schönherr hat sehr zurückgezogen gelebt und ihre Zeit hauptsächlich zu Hause vor dem Fernseher verbracht.«

»Steht in dem Bericht irgendetwas darin, dass ihr Tod kein Suizid war?« Zum ersten Mal meldete sich Hauptkommissar Lorenz Staufenberg zu Wort.

Tom schüttelte den Kopf. »Nein, Fremdverschulden wird ausgeschlossen. Unsere Ermittlungen haben ja auch nichts anderes ergeben. Der Mann auf dem Denkmal war der Letzte, der sie gesehen hat, und schwört, dass niemand anderes oben und er allein im Aufzug war. Als er unten angekommen ist, hat er sie auf dem Boden liegen gesehen. Sie ist gesprungen, eindeutig.«

»Was sagt der Mann außerdem? Wie heißt er noch mal?«

Camilla pustete sich die Ponyfransen aus der Stirn. »Karl Weidkamp. Der ist fix und fertig. Hätte nie gedacht, dass sie hinunterspringen würde. Er glaubte sogar, dass sie sich das Treppensteigen als Trainingsprogramm zum Abnehmen ausgedacht hatte. War ja nicht zu übersehen, dass sie zu viel auf den Rippen hatte. Das waren seine Worte«, fügte sie hinzu, als sie die bösen Blicke ihrer Kollegen sah. »Er kann sich nicht verzeihen, dass er so danebengelegen hat. Sie schwitzte, hatte aber einen so energischen Zug um den Mund. Er sagte, den kenne er von seiner Frau, wenn sie einen Entschluss gefasst hat. Wieder Originalton.« Camilla schaute ihrem Chef eindringlich ins Gesicht.

Gedankenverloren sortierte dieser Prospekte, die sich auf seinem Schreibtisch stapelten. Seit Wochen ließ er sich Gartenkataloge ins Büro schicken und plante in jeder freien Minute, welche Pflanze er an welcher Stelle in seinem Schrebergarten setzen würde. Ende des Monats wurde er pensioniert, und dann hätte er endlich Zeit dafür. Er registrierte nicht, was er tat, sondern starrte an einen imaginären Punkt an der gegenüberliegenden Wand. »Tja, diesen Anfangselan kennen wir alle, oder? Jemand sollte noch einmal mit der Mutter sprechen und ihr mitteilen, dass sie ihre Tochter beerdigen kann«, sagte er und blickte dann Camilla nachdenklich an. »Ihre Tochter ist in deinem Alter gewesen, oder?«

»Ja, dreiunddreißig, ein halbes Jahr jünger.«

»Am besten ist, ich fahre gleich hin. Sie wohnt in der Karl-Tauchnitz-Straße, oder?«

»Genau, in der Nähe vom Johannapark, im Bachviertel. Willst du allein hingehen?«

Staufenberg nickte. »Ja. Lass mich mal. Vielleicht der letzte solcher Besuche für mich. Hoffe ich zumindest. Ich mag nicht mehr. Zu viele Tote. Zu viele Schicksale für ein Leben«, sagte er mit belegter Stimme und berührte wieder die Prospekte. »Ich sehne mich danach, in meiner Laube zu sitzen, den Pflanzen beim Wachsen zuzuschauen und mich nur für sie verantwortlich zu fühlen. Ich werde keine Zeitungen lesen und keinen Fernseher haben. Vielleicht einmal in der Woche irgendwo Nachrichten sehen. Ich glaube, das reicht bis zu meinem Ende.«

Camilla sah betroffen aus. »Chef, sprich nicht so! Das macht mir Angst. Außerdem wirst du uns fehlen. Ich komm dich ganz oft in deiner Laube besuchen. Nasche Erdbeeren und Tomaten. Pflanzt du auch Stachelbeeren? Ich liebe Stachelbeeren. Dann wirst du mich garantiert nicht mehr los.«

Sie lächelte ihn an, und auch seine Mundwinkel wanderten nach oben.

»Schauen wir mal. Ich freu mich, wenn du mich tatsächlich besuchst.« Das Lächeln verschwand aus seinem Gesicht, so schnell, wie es erschienen war. Staufenberg machte auf dem Absatz kehrt und ging in sein Büro, und der traurige Blick kehrte in seine Augen zurück. Er schloss die Tür und lehnte sich ein paar Sekunden mit hinter seinem Rücken verschränkten Händen dagegen. Es war ihm egal, dass Camilla und Tom nun über ihn redeten. Er wusste, dass sie sich Sorgen um ihn machten. So ein Quatsch, dachte er. Er hatte einfach keine Lust mehr. Weder auf Verbrecher noch auf die nervtötende Bürokratie oder auf die nachrückenden Kollegen, die den Begriff ›Menschlichkeit‹ für ein Relikt aus uralten Zeiten hielten. Die beiden waren jung genug, um die zukünftigen Veränderungen anzunehmen. Er war zu alt dafür. Wenn er nur an die vielen E-Mails dachte! Was waren das für gemütliche Zeiten gewesen, als er noch eine richtige Sekretärin gehabt hatte, die ihn mit Kaffee verwöhnte.

Er atmete ein paarmal tief durch und horchte in sich hinein. Sein Magen blieb ruhig. Ein Blick auf die Uhr – schon zehn, und er hatte noch keine Tablette gebraucht. Das autogene Training half tatsächlich. Damit hätte er früher beginnen sollen. Nicht erst jetzt, kurz vor Ende seiner Dienstzeit, wo sich seine Beschwerden nicht allein auf Sodbrennen beschränkten. Er hatte zu viel gesehen, mehr ertrug er nicht. Weder diejenigen, die sich selbst umgebracht hatten, noch die, die getötet wurden. Und schon gar nicht Mörder, die vor ihm hockten und Absolution oder Verständnis von ihm erhofften. Er war es leid, hatte es satt. Das war nicht mehr seine Welt.

Er setzte sich an den Schreibtisch. Sein Blick blieb auf dem

Wandkalender hängen. Ein rotes Kreuz markierte den 21. April. Nur noch ein paar Tage. Diesen Arzttermin würde er wahrnehmen. Zweimal hatte er bereits abgesagt und dringende Ermittlungen als Entschuldigung vorgeschoben. Nur sich selbst gestand er ein, dass er Angst vor dem Ergebnis hatte. Er hoffte voller Inbrunst, dass seine Magenschmerzen psychischer Natur waren. Jeden anderen Gedanken verbot er sich.

Alles würde besser werden, wenn er nie wieder dem Tod begegnen müsste. An diesem Mantra hielt er fest. Selbst sein eigenes Ableben musste warten, mindestens bis er sich den Traum vom Schrebergarten erfüllt hatte. Er würde sich um Tomaten, Zucchini und Kräuter kümmern. Und natürlich um Stachelbeeren – für Camilla.

3

Es gab nichts, was ich noch tun konnte. Es war vorbei. Die Erde rieselte nieder. Leise, gedämpft durch die bereits aufliegende Schicht auf dem Sarg. Ich hatte mich für das billigste Modell entschieden. Kiefer, ohne Schnitzereien. Es war mir unsinnig vorgekommen, viel Geld für einen Kasten aus Holz auszugeben, der in der Erde verschwand und verwitterte. Mutter hätte es nicht anders gewollt. Auch wenn Gerda anderer Meinung war.

Der Pfarrer sprach von Staub zu Staub, und jeder der Anwesenden warf mit einem kleinen Schäufelchen Erde in die Grube. Nur ich nicht, ich wollte Mutter nicht mit Dreck bewerfen. Das brachte mir von Gerda einen missbilligenden Blick ein, den ich ignorierte.

Das Fallen von Erde auf Erde war fast geräuschlos. Dagegen klangen das Rascheln der Mäntel und Klappern der Schirme der Anwesenden unnatürlich laut in meinen Ohren. Warum forderten die Nebensächlichkeiten so viel Aufmerksamkeit? Mutter sollte im Mittelpunkt stehen – wenigstens einmal in ihrem Leben. Es war ihre Beerdigung.

Ich stand abseits am Rand des Grabs und schüttelte Hände von fremden Menschen. Wie in Trance nickte ich, bedankte mich für die Beileidsbekundungen und wünschte, ich wäre irgendwo anders. Weit weg. In den Bergen, am Meer – egal wo.

Gerda war in meiner Nähe. Wie immer. Sie passte auf, dass ich mich nicht danebenbenahm. Sie hatte die schwarze Stoffhose, die schwarzen Schuhe und die dunkelgraue Jacke für mich besorgt. Mir bedeuteten solche Äußerlichkeiten nichts. Was hatte Mutter davon, dass ich schwarz gekleidet zu ihrer Beisetzung ging? Wer störte sich an Jeans und Turnschuhen? Die Toten, allen voran Mutter, sicherlich nicht. Und den anderen sollte es egal sein.

Ich dachte an eine Reportage aus Afrika, die ich vor Kurzem gesehen hatte. Ich liebte Dokumentationen, die über andere Länder berichteten. Da ich noch nie weiter als bis an den Bodensee gereist war, war das Schauen dieser Filme ein wenig wie Urlaub.

Und Afrika faszinierte mich damals besonders. Sobald der Postbote freitags die Fernsehzeitung für die nächsten zwei Wochen brachte, durchsuchte und markierte ich alle Fernsehsendungen nach diesen Themen.

In der Reportage berichteten sie von Trauerfeiern und Beerdigungsritualen auf dem Schwarzen Kontinent. Auf Tränen und Wehklagen folgten Tanz und Singerei. Damals, als ich die Sendung sah, ahnte ich nichts von Mutters Zustand.

Während der Pfarrer mit ruhigen Sätzen sprach, stellte ich mir sein Gesicht vor, wenn ich jetzt tanzen und singen würde. Ich grinste. Das brachte mir erneut einen bösen Blick von Gerda ein.

Das ging natürlich nicht. Nicht in Neuss.

Die Trauergäste blieben wie Perlen an einer Schnur aufgereiht neben mir stehen und warteten, dass der Pastor alle entließ. Mein Blick blieb auf dem Boden haften und fokussierte die Spitzen meiner Schuhe. Sie waren schmutzig geworden, und ich widerstand dem Drang, meinen Jackenärmel zu benutzen, um sie zu säubern. Gerda drückte mich fest an ihre Brust, murmelte ein paar Worte, die ich nicht verstand. Ihr Geruch nahm mir den Atem. Mit zur Seite geneigtem Kopf hielt ich die Luft an. Diese penetrante Mischung aus Mottenpulver und Alt-Frauen-Parfüm verstärkte sich mit jeder ihrer Bewegungen. Und sie bewegte sich viel, unterstrich ihr Reden mit Händen und Füßen und heftigem Kopfnicken. Ruhig stehen oder sitzen war in ihrer DNS nicht vorgesehen. Erst als sie mich losließ, holte ich tief Luft und verstand ihre Aufforderung, zum Kaffeetrinken zu gehen.

»Es ist nicht weit, nur ein paar Meter. Kann man gut zu Fuß erreichen. Die Wirtin wollte den besten Streuselkuchen der Stadt besorgen.«

An einen Leichenschmaus hatte ich nicht gedacht. Was für ein absurder Gedanke. Dann hätte ich auch keine dunkle Kleidung gebraucht. Aber mir fehlte Erfahrung in diesen Dingen. Gut, dass es Gerda gab. Sie wusste immer, was zu tun war.

Auch wenn sie eigentlich nicht zur Familie gehörte, war sie für mich und Mutter im Laufe der Jahre fester Bestandteil unseres Lebens gewesen. Familienangehörige gab es nicht, und Mutter legte auf Freunde und Bekanntschaften keinen Wert. Sie machte alles mit sich aus. Auch ihre Krankheiten, von denen es viele gab. Immer schluckte sie irgendwelche Pillen, lag häufig im Bett, erschöpft von dem Job als Kassiererin im Supermarkt um die Ecke.

Aber nichts deutete je darauf hin, dass sie ernsthaft erkrankt war. Völlig unerwartet traf mich die Nachricht, dass jede Hilfe für sie zu spät kommen würde. Weder Operationen, Bestrahlungen noch Medikamente konnten den Tod aufhalten. Gerda hatte auf ihre Art versucht, mich zu trösten. Mit viel Körperkontakt und gutem Essen.

»Du musst dich nicht verantwortlich fühlen. Du hättest es nicht verhindern können«, sagte sie jetzt gerade und strich mir mit der Hand über den Kopf.

Dieser Gedanke war mir neu. Und fremd. Natürlich hätte ich nichts ändern können, meine Mutter war eine erwachsene Frau. Wieso sollten mich Schuldgefühle plagen?

Die Ärzte im Krankenhaus hatten mir erklärt, dass der Krebs überall sei, und sie hatten mich gefragt, warum ich nichts bemerkt habe. Sie hätte doch Schmerzen haben müssen. Sie wollten wissen, warum Mutter nicht in Behandlung gewesen sei. Darauf konnte ich nichts antworten, weil ich es nicht wusste. Ich hatte keine Ahnung. Aber in den letzten Tagen war mir klar geworden, dass Mutter gar nicht hatte gesund werden können. Sie hatte ihrem Leben endlich entfliehen wollen. Und dieses Mal hatte sie noch nicht einmal etwas tun müssen. Suizid durch Nichtstun. Es hatte geklappt.

Nieselregen setzte ein. Nicht ungewöhnlich für Mitte April. Wenigstens weinte der Himmel, ich konnte es nicht. Gerda hakte sich bei mir unter, tätschelte meinen Arm und führte mich in die Eckkneipe. Unentwegt redete sie auf mich ein. Eine traurige Litanei in Endlosschleife.

Der Weg zu der Gastwirtschaft schien mir unsagbar lang, obwohl die Kneipe in Sichtweite lag, geschätzte achthundert Meter entfernt. Vier Frauen gingen mit uns, von denen ich drei vom Sehen kannte, jedoch keinen Namen wusste. Die vierte war mir völlig fremd.

Frau Herz, die Wirtin, wartete bereits auf uns. Sie trug dem

Anlass entsprechend ein dunkles Kleid, dessen Länge ich für eine Frau ihres Alters und ihrer Statur für unangebracht hielt. Fleischige weiße Knie sollte man nicht öffentlich zur Schau stellen. Die Augen waren dunkel geschminkt, umrandet mit schwarzem Kajalstift. Aber am meisten beeindruckte mich die rote Farbe, die sie sich auf den Mund geschmiert hatte und die weit über die Konturen der natürlichen Lippenform hinausging.

Ich beobachtete, wie Gerda ihren Mund missbilligend spitzte, und hätte beinahe laut aufgelacht.

Die Wirtin führte uns ins Hinterzimmer, wo ein Tisch für sechs Personen gedeckt war. Weißes Tischtuch, weißes Kaffeegeschirr, Edelstahlbesteck mit verwitterten Holzgriffen. Eine rote Gerbera steckte in einer schmalen Vase. Der einzige Farbtupfer. Es sah erbärmlich aus.

»Es gibt Streuselkuchen und Bohnenkaffee. Hab aber auch noch 'ne Gulaschsuppe und ein paar belegte Brötchen, wenn euch nach was Herzhaftem ist.«

Egal wie Frau Herz aussah, ihr Name war Programm. Sie ließ es sich nicht nehmen, mich an ihren großen Busen zu drücken. »Kindchen, wat tut mir dat leid.«

Ihre belegte Stimme, die von nächtelangem Kellnern in verrauchten Kneipen zeugte, hätte einem Mann alle Ehre gemacht. Sie sprach rheinischen Dialekt und roch nach abgestandenem Zigarettenrauch, der in ihren Haaren hing. Ich nickte und fragte mich gleichzeitig, warum meine Nase so empfindlich war. Nikotin, Mottenkugeln und Parfüm. Was für ein Potpourri seltsamer Gerüche.

Kaum saßen wir auf den Holzstühlen, brachte ein junges Mädchen eine Thermoskanne Kaffee und Servierplatten mit Kuchen. Wie ausgehungert griffen alle danach und begannen zu essen. Sie schoben die Kuchenstücke in den Mund, spülten mit Kaffee nach und sprachen mit vollen Backen über meine Mutter, als hätten sie jeden zweiten Tag bei uns am Küchentisch gesessen.

»Sie war ja so geschickt in Handarbeiten.«

»Ja, diese Strickmuster, die sie sich ausdachte: phantastisch. Wie gekauft!«

»Und ihre Erdbeermarmelade!«

Ich hörte zu, sagte aber kein Wort. Sie hatten alle keine Ahnung. Mutters Handarbeitskünste waren tatsächlich beachtlich gewesen, ich hatte mich immer wieder über neue Pullover, Pullunder und Strickjacken freuen dürfen. Sie hatte wie eine Besessene gestrickt, als hinge ihr Leben von der Fertigstellung eines Pullovers oder einer Jacke ab.

Nach einer Stunde fiel den Damen nichts Neues ein. Als wieder die Lobhudelei über Mutters Handarbeitskünste begann, beendete Gerda das Kaffeekränzchen, und ich durfte endlich nach Hause. Ich, Jessica Laumann, wollte allein sein.

4

Sekunden, nachdem er geklingelt hatte, ging die Tür auf. Der Kranz aus Salzteiggebäck schlug gegen die Holztür. Staufenberg erkannte Weihnachtsmotive und schüttelte den Kopf. Es war April.

Die gut aussehende Frau, die ihm öffnete, schien das nicht zu stören. Sie zuckte die Schultern, als sie seinem Blick folgte, und fragte: »Presse?« Ohne eine Antwort abzuwarten, verschwand sie in der Wohnung.

Staufenberg verstand es als Einladung, ihr zu folgen. Ob das Elkes Mutter war? Oder eine Freundin der Familie? Er schloss die Tür hinter sich, ging den langen Korridor bis zum Ende und betrat die Küche. Sie saß am Tisch und schaute ihn erwartungsvoll an. »Fragen Sie schon.«

»Lorenz Staufenberg«, stellte er sich vor und zog den Dienstausweis aus der Innentasche seiner Jacke. »Polizist, kein Journalist. Darf ich?«, fragte er und zeigte auf einen pinkfarbenen Klappstuhl ohne Kissen, der vor dem Tisch stand.

»Gern. Sie kommen wegen meiner Tochter?«

Er nickte, bemüht, seine Verwunderung über ihre Emotionslosigkeit für sich zu behalten. »Mein herzliches Beileid, Frau Schönherr.«

Sie sah ihn an, sagte nichts.

»Wir haben keinen Hinweis auf Fremdverschulden gefunden«, kam er direkt zur Sache. »Es scheint, als sei Ihre Tochter die Stufen zur Plattform hochgestiegen, in der Absicht, sich hinunterzustürzen. Suizid. Haben Sie eventuell eine Idee, warum?«

In seinen Ohren klangen die Worte kalt und herzlos, viel zu direkt. Doch in Frau Schönherrs Gesicht war keine Bestürzung zu lesen. Nichts veränderte sich, während er über den Tod ihrer Tochter sprach. Eine Frau ohne Mimik. Er suchte nach Spuren von Tränen, zu wenig Schlaf – vergeblich. Was er fand, waren glitzernder Lidschatten, knallroter Lippenstift und Rouge. Sie hat sich für die Journalisten schön gemacht, dachte er. Sie hofft, fotografiert zu werden. Sie war zweifelsfrei eine hübsche Frau, mit hohen Wangenknochen und vollen Lippen. Gegensätzlicher konnten Mutter und Tochter nicht sein. Sie hatte keinerlei Ähnlichkeit mit dem aufgequollenen Gesicht und den strähnigen Haaren der Dreiunddreißigjährigen. Die Mutter wirkte jünger und trug ihre langen dunkelblonden Haare zu einem Dutt aufgesteckt. Ihre Hände lagen im Schoß, und sie schaute Staufenberg sekundenlang in die Augen, immer noch ohne Regung.

»Möchten Sie einen Kaffee?«, fragte sie schließlich.

Er nickte, dachte im gleichen Moment, dass Tee besser für seinen Magen wäre, und verwarf den Gedanken wieder.

Frau Schönherr stand auf. Während sie ihm den Rücken zuwandte und an der Kaffeemaschine hantierte, begann sie zu reden. »Meine Tochter und ich haben kein gutes Verhältnis gehabt. Wir waren nie Vertraute, wie es vielleicht bei anderen Müttern und Töchtern der Fall ist. Damals war ich froh, dass sie Schwimmen als Ventil für ihren Bewegungsdrang gefunden hat. Der Sport gab ihr das, wonach sie immer gesucht hat. Wissen Sie, ich habe mir immer eine kleine Primaballerina gewünscht. Habe selbst als Kind getanzt, hatte auch Talent, aber nicht genug. Dann wurde ich schwanger, und mein damaliger Freund, Elkes Vater, hat sich aus dem Staub gemacht. Ich musste sehen, wie ich uns beide durchbringen konnte.«

Sie nahm eine Kaffeedose aus dem Schrank und füllte vier Löffel des dunklen Pulvers in die Filtertüte. Sie stellte die Maschine an, drehte sich wieder um und setzte sich ihm gegenüber. Dann sprang sie wieder auf und griff hektisch zu zwei Bechern, die auf der Spüle standen. Werbegeschenke einer Reinigungsfirma, das Logo prangte groß auf der Vorderseite der Tassen.

»Als dann jemand auf sie aufmerksam wurde und ihr eine große Zukunft in Aussicht stellte, war ich angetan von den Möglichkeiten. Ich bin Mutter und habe mir, wie jede Mutter, nur das Beste für mein Kind gewünscht. Sie sollte nicht so enden wie ich.« Ihre Hände standen nicht still. Immer wieder drehte sie an ihrer Tasse. »Zu DDR-Zeiten habe ich im HO-Laden gearbeitet. Kein Traumjob. Aber wir sind über die Runden gekommen. Nach der Wende musste ich jeden Job annehmen. Bin bei anderen Leuten putzen gegangen, bis ich bei der Firma hier untergekommen bin.«

Sie zeigte auf das Logo der Tasse.

»Mc Wischnat«, las Staufenberg.

»Es ist ein guter Job, besser als nichts. Nichts ist mehr wie früher, nicht wahr?« Ihre Stimme bekam einen wehmütigen Klang.

Staufenberg nickte zustimmend. Natürlich war nichts wie früher. Zeiten änderten sich, Menschen änderten sich. Diese Frau, die gerade ihr Kind verloren hatte, wollte reden, sich rechtfertigen. Die Sätze hatte sie vorbereitet. Er sah die Inszenierung einer Mutter, die enttäuscht von ihrer Tochter war, weil sie nicht das Zeug für eine Balletttänzerin gehabt hatte. Aber dann hatte das Schwimmen neue Perspektiven in ihr Leben gebracht. Und dann war die Mutter wieder enttäuscht worden. Staufenberg las in ihr wie in einem offenen Buch. Diesen Geschichten hatte er viel zu oft gelauscht.

»Anfangs ging alles gut. Sie mochte das Sportinternat. Mit zehn kam sie dorthin, und sie blühte auf. Der straff organisierte Tagesablauf tat ihr gut. Das, was ich nicht in ihren Kopf bekam, ging dort ganz von allein. Disziplin!« Sie rief das Wort aus, als wäre es ihr Lebensmotor.

Vor Staufenbergs innerem Auge erschien ein römischer Galeerenführer, der mit Rohrstock und Peitsche die Sklaven zum Rudern antrieb. Er schluckte.

»Das hat sie dort endlich gelernt. Früh aufstehen, Training, Schule, wieder Training, nachmittags lernen und abends wieder Training. Von nichts kommt nichts, man muss hart für seine Träume arbeiten.« Sie redete sich in Rage. Diese Allgemeinplätze gab sie nicht zum ersten Mal von sich.

»Und es hat sich gelohnt?«, fragte Staufenberg.

»Ja, natürlich. Elke war gut. Schnell. Überholte alle im Wasser. Es war spannend zuzusehen. Eine Medaille nach der anderen. Fand einen Platz im Nationalkader. Sie ging aufrechter, lachte öfter. Sie war sonst immer so ernst, schon als Baby. Fand nichts lustig, was mir Spaß machte. Das muss sie von ihrem Vater haben.« Sie presste die Lippen aufeinander.

Wieder nickte Staufenberg. »Wo ist er?«

»Wer?«

»Elkes Vater?«

»Amerika. War er vor acht Jahren jedenfalls noch. Seit ich ihn kenne, versucht er das große Glück zu machen. Meist geht es gründlich schief. Er war sogar mal im Gefängnis. Nichts, worauf man stolz sein kann.«

»Sein Name?«

»Das letzte Mal nannte er sich Charly Beaux und war in Los Angeles. Aber wie gesagt, das ist acht Jahre her, und seitdem habe ich nichts von ihm gehört. Wahrscheinlich putzt er irgendwo Schuhe in einem Einkaufscenter und bildet sich ein, von einem Hollywood-Regisseur entdeckt zu werden.«

Ihr Spott war nicht zu überhören. Staufenberg verkniff sich die Frage, ob sie so viel anders war. »Wie ging es weiter mit Elke?«, fragte er stattdessen.

»Elkes Trainer war ein sehr netter Mann. Ein Kümmerer. Aufmerksam, charmant. Elke mochte ihn sehr. Sie himmelte ihn geradezu an. Er interessierte sich natürlich nur für ihre sportlichen Erfolge.«

Hoppla, was war das denn?, dachte Staufenberg. Konkurrenz im eigenen Haus? Frau Schönherrs Stimme hatte einen anderen Klang angenommen. Sie presste wieder ihre Lippen aufeinander, bevor sie weitersprach.

»Wir sind oft miteinander ausgegangen, haben über die Zukunft gesprochen. Über *unsere*, wohlgemerkt. Alles schien klar. Das ganz große Ziel sollte Olympia sein. Elke erfüllte alle Voraussetzungen. Sie war gut, holte einen Sieg nach dem anderen. Ihr Trainer glaubte, dass sie noch besser werden konnte. Und dann versagt sie im entscheidenden Moment.«

Frau Schönherr verstummte. Die Kaffeemaschine gab blubbernde Laute von sich. Frau Schönherr stand auf, fragte: »Milch, Zucker?«, und öffnete den Kühlschrank. Ein unangenehmer Geruch nach altem Käse stieg dem Kommissar in die Nase.

Er verneinte, und sie goss die dunkelbraune Flüssigkeit in die Tasse. Sie dampfte. Erst jetzt sah er, dass am Rand der Tasse Lippenstiftfarbe haftete. Rot, knallrot. Er drehte sie, bis er eine saubere Stelle gefunden hatte, und nahm zwei kleine Schlucke. Stark und bitter, so mochte er Kaffee. Auch wenn sein Magen rebellierte.

»Ich weiß nicht, ob Sie sich das vorstellen können. Wir glaubten felsenfest, dass Elke es schafft. Fünf Jahre lang hab ich von einer großen Zukunft geträumt. Sie hatte uns bis zu diesem Zeitpunkt, was das Schwimmen anging, nie enttäuscht. Und dann versagt sie, einfach so, ohne Vorankündigung. Zappelt im Wasser rum, als wäre sie nie Bestzeiten geschwommen. Ich war fassungslos, Georg entsetzt.«

»Georg?«, hakte er nach.

»Ja. Georg und wir waren fast eine kleine Familie.«

»Was ist dann passiert?«

»Nichts. Elke kam ins Krankenhaus. Aber sie erholte sich sehr langsam, und Georg wandte sich anderen Talenten zu. Ich habe nie wieder etwas von ihm gehört.«

»Hat Elke mal erzählt, dass sie gedopt wurde? Mittlerweile ist ja jedem klar, dass im DDR-Leistungssport mit dubiosen Mitteln gearbeitet wurde. War das der Grund für Elkes Zusammenbruch?«

Staufenberg wusste nicht, was er erwartet hatte, aber sicher nicht diesen Ausbruch. Mit hochrotem Gesicht erhob sich Frau Schönherr und haute mit der Faust auf den wackligen Küchentisch.

»Was sollen diese Vorwürfe? Auch Elke hat so einen Unsinn von sich gegeben. Sie hat Georg denunziert, wollte ihm ihr eigenes Versagen in die Schuhe schieben. Was ist das denn für ein erbärmliches Verhalten? Beißt man die Hand, die einen füttert? Georg war zu Recht enttäuscht. Nicht nur von ihren sportlichen Leistungen, sondern auch von ihr persönlich, als Mensch. Das hatte er nicht verdient!«

Sie setzte sich wieder, hob die Tasse, um einen großen Schluck zu nehmen, und stellte fest, dass sie bereits ausgetrunken hatte. »Nachschub?«

»Ich hab noch. Danke. Aber wie ging es denn dann weiter? Was hat Elke danach gemacht? Was macht der Trainer heute? Georg – und sein Nachname?«

»Georg Hille ist heute ein angesehener Mann, Mitbegründer eines Gesundheitsinstituts in Leutsch. Die haben sich auf Burn-out-Prävention spezialisiert. Er ist für den sportlichen Teil zuständig. Ab und zu lese ich etwas über ihn in der Zeitung. Und manchmal fahre ich auch raus und gehe am Auenwald spazieren, in der Hoffnung …« Sie brach ab. »Ich hab ihn nie wiedergesehen.« Sie flüsterte fast.

»Und Ihre Tochter? Wie hat Elke das alles verkraftet?«

»Elke?« Frau Schönherrs Stimme klang, als habe sie noch nie darüber nachgedacht, was dieser Vorfall mit Elke gemacht haben könnte. »Was soll mit ihr sein? Sie ist nach Hause gekommen und hat sich gehen gelassen. Gefressen hat sie, von morgens bis abends. Hat die Schule mehr schlecht als recht beendet. Eine Ausbildung als Verkäuferin absolviert. Haben Sie sie gesehen? Dick. Unförmig. Ekelig. Keine Disziplin, keine Selbstbeherrschung. Wie konnte man von ihr erwarten, Hochleistungen zu bringen? Sie hat einen schwachen Charakter. Es tut mir leid, das über meine Tochter zu sagen. Aber sie ist ein schwacher, nutzloser Mensch. Sonst hätte sie mir das nicht angetan.«

»Sie ist tot, Frau Schönherr. Sie benutzen einen falschen Tempus.«

Sie starrte ihn mit offenem Mund an. »Bitte?«

»Wenn, dann wäre ›sie *hatte* einen schwachen Charakter‹ und ›sie *war* ein schwacher Mensch‹ korrekt. Aber ich bezweifele das ehrlich gesagt. Ihre Tochter muss sehr unglücklich gewesen sein.«

»Was wissen Sie denn von Unglück? Was denken Sie denn, wie sich das anfühlt, wenn Sie kurz vor dem großen Durchbruch stehen? Wenn man glaubt, es geschafft zu haben. Und dann, von jetzt auf gleich, ist alles aus. Eine riesige Seifenblase, die platzt. Vorbei. Alle Wünsche rücken auf einmal in unerreichbare Ferne.«

Jetzt sammelten sich Tränen in ihren Augen. Staufenberg schaute angewidert zu, wie sie über ihre zerschlagenen Hoffnungen weinte, aber nicht eine Träne über den Tod ihrer Tochter vergossen hatte. Wie sehr musste Elke Schönherr bloß gelitten haben?

»Das alles ist über zwanzig Jahre her.«

Aus ihrer Stimme hörte Staufenberg Sehnsucht nach der guten alten Zeit heraus. Er hatte geglaubt, ihn könne nichts mehr erschüttern. Doch das Verhalten der Mutter machte ihn fassungslos. Er straffte die Schultern und sagte sachlich: »Die Leiche ist zur Beerdigung freigegeben. Sie können dem Bestattungsinstitut Bescheid geben.«

»Was?«

»Ihre Tochter kann beerdigt werden. Sie möchten ihr doch sicher als Beweis Ihrer Zuneigung eine Trauerfeier mit allen Freunden bereiten?«, erklärte er. Seine Stimme hatte einen süffisanten Tonfall angenommen. Er war wütend. Wie konnte eine Mutter nur so kaltherzig zu ihrem Kind sein?

»Wir kümmern uns natürlich darum. Vielen Dank. Sie sind von der Polizei?« Eine andere Frau war unbemerkt in die Küche gekommen.

Staufenberg schaute sie irritiert an. Sie sah Elkes Mutter ähnlich, doch im Gegensatz zu ihr waren ihre Gesichtszüge weich und freundlich.

»Staufenberg, Lorenz Staufenberg. Und wer sind Sie?«

»Miriam. Auch Schönherr. Ich bin die Tante. Also von Elke, die Schwester von Rebecca.« Sie nickte ihrer Schwester zu, die aufgestanden war, um Kaffee nachzuschenken. »Es ist so traurig, dass Elke keinen anderen Weg sah, als ihrem Leben ein Ende zu setzen. Ich mache mir Vorwürfe. Vielleicht hätten wir es verhindern können.«

Die Familienähnlichkeit war da, und doch wirkten die Schwestern völlig unterschiedlich. Miriam Schönherr strahlte Wärme und Geborgenheit aus, hier sah er wirkliche Trauer. Seine Wut verflog. Wenn schon nicht bei der Mutter, dann hatte Elke bei der Tante sicherlich ein wenig Nestwärme gefunden.

»Rebecca, ich habe bereits alles in die Wege geleitet und einen Bestatter ausgewählt«, sagte die Tante der Toten nun zu ihrer Schwester. »Es ist gut, dass wir sie bald beerdigen können, nicht wahr?«

»Jaja, mach, wie du meinst.« Rebecca Schönherr setzte sich wieder, wirkte teilnahmslos. Ihren Ausbruch schien sie überwunden zu haben.

»Ahnen Sie vielleicht den Grund für Elkes Selbstmord?«, wandte sich Staufenberg nun an die Tante. »Hat sie mit Ihnen gesprochen? Sie ins Vertrauen gezogen? Was wissen Sie über ihre Schmerzen, die Medikamente, die sie genommen hat?«

»Schmerzen? Elke hat nichts erzählt. Sie war depressiv, und dagegen hat sie Tabletten bekommen. Das kann Ihnen sicher ihr Arzt besser erklären. Mehr weiß ich nicht. Sie war kein besonders mitteilsamer Mensch. Allerdings hat sie in den letzten Wochen öfter außerhalb übernachtet. Ich dachte, dass sie endlich einen Freund gefunden hat. Aber erzählt hat sie nichts.«

»Als wenn Männer auf solche Frauen stehen würden!«, ereiferte sich Rebecca Schönherr da wieder. »Das glaubst du doch selbst nicht.«

Staufenberg zuckte erneut zusammen. »Also dann.« Er wusste nicht, wie er sich verabschieden sollte. »Ich bin dann mal weg. Es tut mir sehr leid.«

»Danke, Herr Staufenberg, und auf Wiedersehen.«

Hoffentlich nicht so schnell, dachte er.

Miriam brachte ihn zur Tür. »Meine Schwester meint es nicht so. Aber sie hat Elke nie verstanden. Sie sind sich immer fremd geblieben.«

Er nickte und ging auf die Straße.

5

Das Klingeln des Telefons riss mich aus dem Schlaf. Ich schaute auf die Uhr. Acht, die Tagesschau begann gerade. »Guten Abend«, begrüßte Jens Riewa. Zusammengerollt wie ein Baby war ich auf dem Sofa eingeschlafen. Gerda, die auf dem gegenüberliegenden Sessel eingenickt war, schreckte ebenfalls hoch. Ich sprang auf und suchte das Telefon. Es lag nicht auf dem Couchtisch. Auch nicht in der Ladestation. Auf der Fensterbank im Gäste-WC fand ich es.

»Laumann?«, meldete ich mich.

»Guten Abend. Mein Name ist Rosalia Sauer. Ich möchte gern Jessica Laumann sprechen. Bin ich bei Ihnen richtig?«

Ich nickte, bis mir bewusst wurde, dass diese Kopfbewegung niemand sehen konnte, und erwiderte: »Ja. Was kann ich für Sie tun?«

Die Fremde legte auf.

Wie merkwürdig, dachte ich und stellte mich ans Fenster. Schaute auf die Bahngleise. Das Telefon klingelte erneut.

»Entschuldigen Sie bitte. Ich wollte nicht einfach auflegen. Aber es ist schwieriger, als ich dachte.«

»Worum geht es denn?«, fragte ich ungeduldig. Die Frau ging mir auf die Nerven. »Schießen Sie einfach los, kann ja nicht so schlimm sein.«

Sie räusperte sich. Ich hörte sie schlucken. Sie setzte an zu sprechen, hustete stattdessen. Ich trommelte mit meinen Fingern aufs Fensterbrett.

»Es geht um Ihren Vater.«

Ich lachte auf. So eine war das. Kannte man ja aus dem Fernsehen. Betrüger. Wahrscheinlich erzählte sie mir jetzt, dass mein Vater eine Rechnung nicht bezahlt hätte. Als wenn ich auf so einen Trick hereinfallen würde.

»Klar«, spottete ich, »um meinen Vater. Der ist bereits vor langer Zeit gestorben. Bei mir werden Sie mit Ihrer Betrugsmasche nicht erfolgreich sein.«

Ich wollte auflegen. Mein Vater war tot. Ich hatte ihn nie kennengelernt. Mutter hatte mir nicht viel von ihm erzählt. Sie hatte mich immer nur in den Arm genommen und mir über den Kopf gestreichelt, wenn ich nach ihm gefragt hatte.

Als hätte die Frau am anderen Ende der Leitung geahnt, was ich vorhatte, rief sie: »Bitte hören Sie mir zu und legen Sie nicht auf!«

Etwas in der Stimme hielt mich zurück. Was wollte sie? Das Ganze musste eine Verwechselung sein. Es war Zeit, die Fronten zu klären. »Hören Sie, egal was Sie vorhaben, es funktioniert nicht, ich falle nicht darauf rein. Sie sollten sich schämen, Gefühle anderer so auszunutzen.«

»Bitte, so ist das nicht! Ich sag einfach, was ich sagen will. Das muss jetzt alles sehr irritierend für Sie sein. Mein Mann ist ein guter Freund Ihres Vaters gewesen. Jetzt liegt mein Ewald im Krankenhaus. Sein Herz, wissen Sie. Und etwas belastet ihn. Das hat mit Ihnen und Ihrem Vater zu tun. Er muss Ihnen etwas sagen, bevor es mit ihm zu Ende geht. Meine Bitte an Sie: Können Sie nach Leipzig kommen?«

Mein Mund wurde trocken. Einen Moment hatte ich das Gefühl, ich könnte nie wieder sprechen. Ich räusperte mich, und tatsächlich klang meine Stimme klar und fest. »Entschuldigen Sie. Das … das kommt etwas überraschend. Geben Sie mir Ihre Nummer, ich kann jetzt nicht mit Ihnen telefonieren. Ich melde mich später.«

»Später kann zu spät sein. Ewald hatte einen Herzinfarkt. Es sieht nicht gut aus. Bitte!«

Ich schüttelte immer noch den Kopf, wollte nicht hören, was die Fremde sagte.

»Er kann Ihnen alles erklären. Es ist ihm sehr wichtig.«

Wichtig. Was wusste die Frau denn, was wichtig war. Für wen? Mein Kopf wanderte von rechts nach links und wieder zurück. Ich sah nur noch verschwommen. »Geben Sie mir die Nummer«, wiederholte ich.

Rosalia Sauer gab mir eine Ziffernfolge durch, die ich mitschrieb. Ich legte auf.

Gerda starrte mich an. »Jessica, wer war das? Du bist ganz blass.« Ihre Stimme zitterte.

»Sagt dir der Name Rosalia Sauer etwas?«

Gerda verneinte.

»Sie kennt mich, beziehungsweise ihr Mann kennt meinen Namen.«

»Was wollte sie?«

»Sie hat gesagt, dass ihr Mann meinen Vater gekannt hat und mir etwas sagen möchte. Persönlich. Ich soll nach Leipzig kommen. Er will mich sehen. Es eilt, weil ihr Mann scheinbar todkrank ist.«

Ich weiß nicht, was ich erwartet hatte, aber bestimmt nicht diesen Gesichtsausdruck von Gerda.

»Ich habe immer geglaubt, dass etwas am angeblichen Tod deines Vaters nicht ganz koscher war. Aber deine Mutter hat das nicht hören wollen. Sie hatte Angst.«

Ich stierte sie an. Mein Schwindelgefühl verstärkte sich. Ich suchte Halt an der Wand, stützte mich an und ließ mich langsam an ihr entlang nach unten gleiten, bis ich mit dem Hintern auf dem Teppich saß.

»Was heißt das? Ich dachte … also du doch auch! Und Mutter hat doch auch nie …« Ich brachte keinen vernünftigen Satz zustande.

Gerdas Gesichtsfarbe veränderte sich. Von Leichenblass zu Tiefrot. »Ich weiß nichts Genaues. Aber mir kam das damals alles seltsam vor. Ich kann dir nur das sagen, was ich weiß. Viel ist das nicht. Wenn dieser Mann wirklich mehr Informationen hat, solltest du hinfahren und ihn fragen.«

6

Krankenpflegeschüler Claas Saale lächelte. Bernhard Brinkmann hatte die Operationen gut überstanden und erholte sich zusehends. Für zweiundsiebzig Jahre war der Patient in einer guten Verfassung. Kein Übergewicht, Claas tippte auf regelmäßigen Sport. Vielleicht war er früher sogar Leistungssportler gewesen. Leipzig konnte in dieser Hinsicht auf eine lange Tradition zurückblicken.

Trotzdem war eine Arterie verstopft gewesen und hatte Brinkmanns Leben bedroht. Zum Glück war er zum Zeitpunkt des Schlaganfalls nicht allein gewesen. Sein Begleiter hatte geistesgegenwärtig reagiert und sofort den Notarzt gerufen, als er die ersten Anzeichen erkannt hatte.

Claas nahm sich einen Moment Zeit und blieb am Bett stehen. »Sie sehen meinem Großvater sehr ähnlich.«

Brinkmann bewegte den Kopf ein wenig nach vorn.

»Sie müssen nicht antworten. Ich wollte es Ihnen nur sagen. Mein Opa ist vierundachtzig und bei bester Gesundheit. Da kommen Sie auch wieder hin«, meinte Claas und tätschelte die Hand des alten Mannes.

Herr Brinkmann versuchte vergeblich ein Lächeln, bewegte stattdessen den Zeigefinger seiner rechten Hand als Zustimmung.

Claas kontrollierte noch einmal die Werte auf dem Monitor, den Sitz der Kanüle und die Geschwindigkeit des Tropfes. »Alles prima«, nickte er und verabschiedete sich.

Vor der Tür blickte er auf die Uhr und presste die Lippen zusammen. Es konnte klappen, pünktlich zum Training zu kommen. Das kommende Wochenende stand ganz im Zeichen des Fußballturniers der Thekenmannschaften. Sein Verein »Kühle Wade« hatte gute Chancen. Er hatte seinen Dienst am letzten Wochenende getauscht, um an diesem freizuhaben. Er hoffte inständig, dass nicht doch ein Kollege ausfiel. Der Personalmangel am St.-Barbara-Krankenhaus war dramatisch. Auch wenn ihm sein Beruf Spaß machte und er mit Herzblut dabei war, konnte er die Sparmaßnahmen auf Kosten der Mitarbeiter und Patienten nicht ignorieren.

Er eilte von der Intensivstation zu seinem regulären Arbeitsplatz, der inneren Abteilung. Routiniert erledigte er die noch anfallenden Arbeiten, und kurz vor Feierabend beschloss er, noch einmal kurz auf der Intensivstation vorbeizuschauen. Soweit er wusste, hatte Brinkmann keine Familienangehörigen. Die Ähnlichkeit zwischen dem Patienten und seinem Opa berührte ihn.

Er grüßte die Schwester am Empfang und ging zu Brinkmanns Bett. Verwundert sah er die Oberschwester mit einer Spritze in der Hand am Bett stehen.

»Ich musste ihm etwas für den Blutdruck spritzen, der war viel zu niedrig. Ich mache mir ernsthaft Sorgen, Claas. Herrn Brinkmann geht es gar nicht gut.«

Claas war irritiert. Hatte sich der Zustand so verschlechtert? Oder hatte er aufgrund seiner Unerfahrenheit die Werte falsch gedeutet?

»Vorhin schien alles in Ordnung, dachte ich.«

»So schnell kann sich das bei den alten Leuten ändern. Die Operation hat seinen Organismus geschwächt. Er ist ja kein Jungspund mehr.«

»Aber es ist doch nichts Ernstes?« Claas' Stimme, gerade noch selbstsicher und erfüllt mit Vorfreude, klang nun schuldbewusst. Eine Faust umklammerte plötzlich seinen Magen, und er spürte die Übelkeit in sich aufwallen. Hatte er Brinkmanns Zustand falsch eingeschätzt? Hatte er einen Fehler begannen? Möglich wäre es. Er verfügte nur über ein halbes Jahr Berufserfahrung, die Oberschwester über mindestens ein halbes Jahrhundert. Zumindest tat sie so und sah auch so aus.

Nervös schaute er auf die Uhr. Trotz allem drängte die Zeit. »Er wird doch wieder, oder?«, wiederholte er seine Frage.

»Ja. Machen Sie sich keine Sorgen.« Mit ausdrucksloser Miene fügte sie hinzu: »Wenn Sie bei jedem Patienten so emotional reagieren, gebe ich Ihnen in diesem Beruf nicht lange. Sie müssen Abstand wahren, sonst frisst Sie der Job auf.«

Er nickte. »Ich muss jetzt eigentlich los. Oder kann ich noch etwas tun? Ich habe das Gefühl, ich müsste …«

»Jetzt gehen Sie schon. Ich wünsche Ihnen ein schönes Wochenende. Sie haben es sich verdient, Claas. Sie machen wirklich einen guten Job.«

Claas' Ohren glühten, Schwester Bertha lobte selten. Nach der Schelte mit Brinkmann hatte er solch nette Worte gar nicht erwartet. Er lächelte schüchtern.

»Ihnen auch ein schönes Wochenende, Schwester Bertha. Montag bin ich pünktlich zur Frühschicht wieder hier.«

Er drehte sich um und ging.

Auf dem Flur verlangsamte er seine Schritte und strich sich nachdenklich über das Gesicht. Der Zustand des alten Mannes beschäftigte ihn mehr als der der anderen Patienten. Plötzlich kam er mit seinen Gummisohlen auf dem stumpfen Bodenbelag ins Stolpern. Erst jetzt nahm er seine Umgebung wahr und blickte direkt in das Gesicht von Gabi.

»Träumst du? Ich denk, du bist auf dem Weg zum Training. Du siehst aus, als wäre dir ein Reiter der Apokalypse begegnet.« Sie sah ihn mit zusammengezogenen Augenbrauen an.

»'tschuldige. Ich hätte dich fast umgerannt. Aber mich beschäftigt gerade tatsächlich etwas. Ich bin irritiert. Hast du vielleicht einen Moment für mich? Ich brauch jemand, mit dem ich reden kann. Zum Training komm ich schon noch früh genug.«

»Klar, für dich doch immer.«

Claas schob sie in die Teeküche und vergewisserte sich, dass sie allein waren.

Gabi lachte und neckte ihn. »Claas, ich dachte nicht, dass ich auf dich *so eine* Wirkung habe. Außerdem hab ich einen festen Freund.«

Claas schaute sie einen Moment verständnislos an, dann begriff er. »Quatsch, nein, nicht was du denkst«, lächelte er verlegen, »dafür hab ich gar keinen Kopf. Außerdem bist du nicht mein Typ – aber nicht böse sein, bitte. Nein, was anderes. Du hast doch jetzt am Wochenende Dienst, oder?«

Gabi nickte. »Ja, die blöde Bertha hat mich eingeteilt. Böse Hexe.«

»Sag das nicht, die kann auch anders. Sie hat mich gerade gelobt.«

Gabi riss die Augen auf. »Das glaub ich nicht! Der alte Drachen kann etwas Positives sagen?«

»Ich war auch ganz überrascht. Liegt vielleicht an meinem Charme? Dem kann keine Frau widerstehen.«

Gabi verdrehte die Augen.

Claas wurde wieder ernst. »Aber jetzt zu meiner Bitte. Kannst du mich über den Zustand von Brinkmann informieren? Morgen müsste er auf die normale Station verlegt werden. Vielleicht findest du die Zeit, öfter mal in sein Zimmer zu gehen und nach ihm zu sehen? Wenn du mir dann eine SMS schicken könntest? Das reicht, mehr will ich gar nicht.«

Gabi blickte zweifelnd. »Du bist lustig. Du weißt doch, was hier am Wochenende los ist. Immer zu wenig Leute und zu viel zu tun. Wie stellst du dir das vor?«

»Bitte, Gabi, es ist mir wichtig. Du findest Möglichkeiten. Wenn nicht du, wer sonst? Außerdem hast du dann was gut bei mir.«

»In Ordnung. Ich überleg mir was, aber das wird dich einiges kosten. Eisbecher bei Mario?«

»In der nächsten gemeinsamen Pause. Einverstanden.«

»Willst du mir verraten, warum du dich so sorgst? Der Brinkmann ist nett, aber das sind viele Patienten. Du kannst doch nicht bei jedem …«

»Ich weiß«, unterbrach er sie, »das hat der Drachen auch schon gesagt. Es ist mir wichtig. Das muss dir genügen.«

Der Anruf kam zur Sportschau. Claas saß auf dem Sofa, die Beine auf dem Hocker liegend, eine Eiskompresse auf dem rechten Knie, die Bierflasche in der Hand und die Chips in Reichweite. Das Turnier der Thekenmannschaften war nicht ohne Verletzungen an Leib und Seele verlaufen. Trotz vollem Körpereinsatz hatte Claas den Sieg vergeigt: Im Elfmeterschießen hatte er den entscheidenden Ball nicht gehalten. Die Mannschaft »Lahme Krücken« hatte mit 5:4 gewonnen.

Claas zog Bier und Chips zu Hause vor, statt mit den Kameraden in der Kneipe über sein Versagen zu diskutieren. Über den zweiten Platz konnte er sich nicht freuen, dafür war der Sieg lange Zeit zum Greifen nah gewesen. Er brummte ins Telefon: »Ja?«

»Claas, es ist was passiert. Ich hab aufgepasst, wie du es gesagt hast. Immer wieder, wenn es die Zeit erlaubte, bin ich zu Brinkmann rein. Es war wirklich viel los, ich bin kaum zur Ruhe gekommen. Es ging ihm immer gut. Aber dann ging alles ganz plötzlich. Es tut mir unendlich leid. Brinkmann ist tot.«

Claas setzte sich aufrecht hin. »Was? Das kann doch nicht sein!« Er starrte mit offenem Mund auf das Telefon, wollte nicht glauben, was Gabi ihm erzählte.

»Ich versteh es auch nicht. Selbst der Oberarzt meinte, dass alle Werte bis auf die Blutdruckschwankungen okay waren. Aber wir haben uns wohl geirrt. Er war schwächer, als wir alle dachten. Claas, ich muss weiter, die olle Bertha triezt schon wieder. Ein Feldwebel ist nichts dagegen.«

Er hielt den Hörer in der Hand und schaute gegen die weiße Wand seines Wohnzimmers. Da lief etwas falsch. Seit er im St.-Barbara-Krankenhaus arbeitete, war dies der dritte unerwartete Todesfall. Das konnte nicht sein. Schon öfter hatte er sich das gedacht – aber wer war er, der Pflegeazubi, der hier ankam und Verdächtigungen aussprach? Also hatte er geschwiegen und sich gedacht, dass er ja schließlich keine Ahnung habe.

Bei Brinkmann war er sich jetzt aber ganz sicher. Vielleicht hatte sich der Zustand verschlechtert, jedoch nicht lebensbedrohlich. Sonst hätte die Oberschwester anders reagiert. Hätte sie? Diese Frage drängte sich ihm erneut auf. Der Verdacht, der ihm vor ein paar Wochen gekommen war, ließ sich nicht mehr von der Hand weisen. War er der Einzige, dem die Todesfälle seltsam vorkamen? Hatte niemand Zweifel? Die Umstände von Münsters Tod vor ein paar Wochen waren auch merkwürdig gewesen. Viel zu plötzlich.

Er stand auf. Humpelte zum Kühlschrank, legte das warm gewordene Kühlkissen ins Eisfach und nahm ein neues heraus. Er schloss die Tür, überlegte es sich anders und öffnete sie erneut. Noch ein Bier würde beim Nachdenken nicht schaden.

7

Nachdem mir Gerda alles erzählt hatte, was sie wusste beziehungsweise vermutete, ließ sie mich allein. Ihre Worte verwirrten mich mehr als der Anruf. Eine Geschichte wie in einer Daily Soap. Meine schwangere Mutter war angeblich vor knapp dreißig Jahren mit ein paar anderen Leipzigern, unter anderem Gerda, in den Westen geflüchtet. Der Kindsvater werde später nachkommen, sagte Christine. Der Ausbruch aus dem Überwachungsstaat verlief halbwegs unspektakulär, wenn man von den Ängsten und Befürchtungen der Republikflüchtlinge absah. Meine Mutter und Gerda freundeten sich an, und Gerda kümmerte sich im westlichen Auffanglager um ihre schwangere Freundin. Sie nahm sie mit zu ihren Verwandten an den Niederrhein. Bei meiner Geburt erzählten sie den Behörden: Vater unbekannt. Er blieb verschollen, niemand hörte etwas von Mutters Freund, obwohl er versprochen hatte, ebenfalls rüberzumachen. Bis eines Tages ein offizielles Schreiben an unsere Neusser Adresse kam, in dem mitgeteilt wurde, dass Erich Kummerer im Leipziger Gefängnis an einer Lungenentzündung gestorben und der Leichnam verbrannt worden war. So weit die Fakten.

Ich versuchte, mich in meine Mutter hineinzuversetzen. Was hatte sie gefühlt? Wie hätte ich an ihrer Stelle empfunden? Schwanger in einer fremden Stadt, einem fremden Land sogar, umgeben von unbekannten Menschen und zum Warten verdonnert? In meiner Vorstellung sah ich sie Abend für Abend aus dem Fenster schauen oder das Telefon anstarren. Sich in Tagträume flüchten, um die Furcht zu verdrängen. Bilder von Verhaftung und Verhören beiseitezuschieben. Ich sah eine schwangere Frau, die ihren wachsenden Bauch mit zunehmender Unruhe wahrnahm.

Wie vertrieb man sich die Zeit, wenn man auf einen Menschen wartete? Nicht auf irgendeinen, sondern auf den Mann, den man liebte. Für den man alles aufgegeben hatte. Wie verhielt man sich, wenn einem dann ganz langsam dämmerte, dass er nicht kommen würde? Dass das Verdrängen dieses Gedankens nicht mehr gelang und sich die schreckliche Erkenntnis in die Gewissheit verwandelte, dass etwas schiefgelaufen war, der Plan nicht aufging und Erich nie kommen würde, in der DDR blieb? Und trotzdem war da ein kleiner Funken Hoffnung. Bis zu diesem Schreiben. Der Mitteilung, dass er tot war. Ob sie sich bereits irgendwann während des Wartens diesen Gedanken erlaubt hatte? Ich glaubte es nicht. Die Konfrontation mit der Realität musste ein Schock gewesen sein. War das der Zeitpunkt, an dem sie hatte aufgeben wollen? Hatte ich sie davon abgehalten?

Gerda erzählte von der Zeit in der DDR. Von Verhören, die die Mitarbeiter der Staatssicherheit mit Angehörigen von Flüchtlingen oder verdächtigen Fluchthelfern führten.

»Christine hat sich schuldig gefühlt. Für deine Mutter stand fest, dass Erich durch ihre Flucht verhaftet wurde. Sie hat nicht darüber gesprochen, aber sie veränderte sich. Wurde immer stiller. Sie funktionierte, aber jegliche Lebensfreude fehlte. Sie hat sich um dich gekümmert, doch auch dir gegenüber fühlte sie sich schuldig, weil sie dir den Vater genommen hatte. Hinter jeder Ecke vermutete sie die Spitzel der DDR. Litt fast unter Verfolgungswahn.«

Ich lachte. Das erschien mir absurd. Doch Gerda schüttelte den Kopf und wies mich zurecht.

»Lach nicht! Du hast keine Ahnung. Das hört sich heute vielleicht albern an, aber das war nicht lustig. Glaubst du denn, deine Mutter hätte die Strapazen der Flucht auf sich genommen, wenn das alles ein Spiel gewesen wäre? Und woher glaubst du, wussten die, wo sie wohnt? Die haben alle bespitzelt. Auch im Westen. Die Furcht deiner Mutter war berechtigt.«

In der darauffolgenden Nacht fand ich keinen Schlaf. Es gab zu viel, um das ich mir Gedanken machte. Meine Mutter hatte sich auch mir gegenüber schuldig gefühlt, weil sie mir den Vater genommen hatte. Das hatte Gerda gesagt. Hatte ich in meiner Kindheit etwas vermisst? Nein. Diese Frage konnte ich eindeutig beantworten. Ich hatte alles gehabt. Gerda war immer für mich da gewesen und war es heute noch – was hätte ich vermissen sollen?

Trotzdem kreisten meine Gedanken um den Anruf. Eine eigenartige Unruhe nahm von mir Besitz. Was konnte mir der Fremde über meinen Vater mitteilen? Woher kannten sie sich? Vielleicht hatten sie sich im Gefängnis kennengelernt. Vielleicht hatte er von mir, seiner Tochter, gesprochen, bevor er gestorben war. Es gab nur eine Möglichkeit: Wenn ich alles verstehen wollte, musste ich nach Leipzig und diesen Ewald Sauer treffen.

Um sechs Uhr in der Früh hatte ich genug vom Grübeln und stand auf. Ich kochte Tee, und während ich wartete, dass er sich auf Trinktemperatur abkühlte, setzte ich mich an meinen Computer. Auf gut Glück gab ich die Schlagworte »Sauer« und »Leipzig« im Browserfenster ein. Die Suchmaschine zeigte mir zweiundvierzig Treffer im örtlichen Telefonbuch. Ich überprüfte die Einträge mit der Telefonnummer, die mir die Fremde gegeben hatte, fand aber keine Übereinstimmung. Ich zuckte die Schultern. Niemand musste sich eintragen lassen, überlegte ich. Statt weiter nach einem Unbekannten zu forschen, prüfte ich die Zugverbindungen nach Leipzig.

Punkt halb acht griff ich zum Telefon. Langsam wählte ich die Nummer, die ich mir auf einem kleinen Zettel notiert hatte, und bereits bei der Vorwahl vertippte ich mich zweimal. Sollte ich das als Zeichen des Schicksals deuten und den Anruf bleiben lassen? Etwas in mir widersprach. Ich konzentrierte mich und wählte Ziffer für Ziffer. Das Freizeichen ertönte. Einmal, zweimal. Beim siebten Mal wollte ich gerade auflegen, als sich eine gehetzt klingende Frauenstimme meldete.

»Ja?«

»Ich komme«, antwortete ich. Mehr nicht.

»Das ist großartig. Ewald wird sich freuen. Kommt Ihre Mutter mit?«

Etwas hielt mich ab, die Wahrheit zu sagen. »Nein, ich komme allein.« Ich ließ der Unbekannten keine Zeit, etwas zu erwidern. »Morgen früh geht ein ICE, den ich nehmen kann. Ich melde mich, wenn ich in Leipzig bin.«

»Ich freue mich sehr. Mein Mann wird sehr dankbar sein. Rufen Sie mich unter dieser Nummer an, wenn Sie da sind. Ich hole Sie gern ab, dann können wir gemeinsam ins Krankenhaus gehen und ihn besuchen. Selbstverständlich können Sie gerne bei uns übernachten.«

Um Himmels willen, bloß das nicht!, dachte ich. Ich hasste es, bei fremden Menschen zu schlafen.

»Nein, danke«, antwortete ich, »ich nehme mir ein Zimmer.« Dann legte ich auf und speicherte Rosalia Sauers Kontaktdaten in meinem Handy.

Wieso konnte ich nicht sagen, dass Mutter tot war? Mir war mein eigenes Verhalten rätselhaft.

Ich buchte die Bahnfahrt und ein Hotelzimmer in unmittelbarer Nähe des Bahnhofs. Es war ein merkwürdiges Gefühl, als ich das Ticket und die Buchungsbestätigung ausgedruckt in der Hand hielt. Ich mochte klare Abläufe, zu viele neue Eindrücke brachten mich durcheinander – das war schon immer so gewesen. Im Moment schien sich das Leben nicht um meinen Wunsch nach Routine zu kümmern.

Ich rief meinen Chef an, erzählte ihm, dass ich doch Urlaub nehmen wolle. Er hatte mir nach Mutters Tod geraten, ein paar freie Tage zu nehmen. Seinen Vorschlag, ans Meer zu fahren, hatte ich ignoriert. Ich war noch nie im Urlaub gewesen, allein an einen anderen Ort gefahren. Ich wusste gar nicht, was ich mit so viel freier Zeit anfangen sollte. Mit mir. Es war normalerweise schon eine Qual, die Wochenenden zu überstehen – was sollte ich mit mehreren arbeitsfreien Tagen hintereinander anfangen? Irgendwann gab es nichts mehr zu putzen oder aufzuräumen. Doch jetzt gab es eine Aufgabe, ein Projekt, das ich angehen konnte. Mein Chef war froh, dass ich seinen Vorschlag nun doch annahm.

»Melden Sie sich einfach, wenn Sie wieder fit sind. Und genießen Sie Ihre freie Zeit. Reichen zwei Wochen? Wenn nicht, rufen Sie an. Das kriegen wir hin.«

Ralf Brückner war ein netter Vorgesetzter, der meinen Arbeitseinsatz schätzte. Auch wenn ich ganz anders als die Kollegen war. Gemeinsame Ausflüge oder Restaurantbesuche lagen mir nicht, und ich nahm nie teil. Auch wenn er immer wieder betonte, wie schade er es fände, ließ er mich in Ruhe und versuchte mich nicht zu Dingen zu überreden, die ich nicht tun wollte. Im Laufe der Zeit hatten sich auch die Kollegen daran gewöhnt. Man nahm mich so, wie ich war.

Ziellos lief ich durch die Wohnung. Ich begann, in der Küche aufzuräumen. Das dreckige Geschirr von drei Tagen wartete. Ich ließ das Wasser laufen, beobachtete die Schaumbildung. Nach zwei Tellern hörte ich auf, ging ins Bad. Hier standen noch immer Mutters Habseligkeiten. Eine Creme, die versprach, die Haut zu erneuern und alle Zeichen der Zeit verschwinden zu lassen. Mutter hatte an so etwas geglaubt. Handcreme, Körperlotion, Haarspray. Ein billiges Eau de Toilette. Ich nahm es in die Hand und sprühte zweimal auf mein Handgelenk. Mit geschlossenen Augen versuchte ich, Mutters Duft heraufzubeschwören. Vergeblich. Was wusste ich von ihr? Nichts. Sie war für mich da gewesen, doch ich hatte keine Ahnung von ihren Träumen und Hoffnungen, die sie mal gehabt hatte. Alles, was von ihr übrig geblieben war, waren verschiedene Cremetiegel und ein billiger Duft.

Ich wusch mir die Hände und ging in ihr Schlafzimmer. Nahm den Karton zur Hand, in dem Mutter wichtige Dinge aufbewahrt hatte. Vielleicht fand ich etwas, was mich dem unbekannten Mann, meinem Vater, näherbringen könnte.

Ich fand Ansichtskarten von Gerda. Unsere Papiere, unter anderem meine Geburtsurkunde. Es gab nur einen Eintrag. Eltern: Christine Laumann. Keinen Vater. Das war nichts Neues für mich, und doch fühlte es sich nach dem Telefonanruf anders an.

Ich fand das Foto ganz unten auf dem Boden des Pappkartons. Der Schnappschuss in Schwarz-Weiß zeigte einen jungen Mann. Sie hatte immer gesagt, sie habe kein Foto von ihm. Warum hatte sie gelogen? Ich nahm an, dass das Bild meinen Vater zeigte, und suchte nach Ähnlichkeiten. Ich stellte mich vor den Spiegel und hielt das Foto neben mein Gesicht. Aufmerksam betrachtete ich seine Kopfform, die Länge der Nase, die Umrisse des linken Ohrs und die Form der Lippen. Es war schwer, etwas zu erkennen. Das Bild schien mehrmals zerknüllt worden zu sein.

Was spürte ich? Ich horchte in mich hinein. Was gab mir die Gewissheit, dass ich die Form meines Ohrläppchens meinem Vater verdankte? Ich senkte meinen Arm. An den Faltknicken des Fotos löste sich die Struktur des Papiers auf. Es fühlte sich dünn, abgegriffen an. Ich drehte es um. Jemand hatte etwas auf die Rückseite geschrieben, doch ich konnte nicht alles entziffern. Selbst die Lupe half nicht. Ein Herz erahnte ich. Ein ›E‹ konnte ich erraten. Es könnte Erich heißen. Mit meinem Zeigefinger strich ich über das Foto, umkreiste seinen Kopf. Ein schmales und kantiges Gesicht. Die Haare hatte er sich aus der Stirn gekämmt. Dort, wo sein rechtes Auge sein musste, war eine Knickstelle. Es sah aus, als habe er ein Loch im Gesicht. Darunter lag ein Brief. Ein einfaches Blatt, zweimal gefaltet. Ich klappte es auf und erschrak. Das Schreiben war an Christine Laumann gerichtet, Kantstraße 25 in 4040 Neuss, datiert auf den 29. Juli 1983. In Amtsdeutsch teilte man dem sehr verehrten Fräulein Laumann mit, dass Erich Kummerer aufgrund einer Lungenentzündung bereits am 21. Mai verstorben und der Leichnam verbrannt worden sei.

Mit Stempel, Siegel und Unterschriften. Warum hatte Mutter nie mit mir über ihn gesprochen? Fühlte sie sich tatsächlich schuldig an seinem Tod und wollte nicht daran erinnert werden? Wollte sie sich nicht erklären, rechtfertigen? Ich steckte Foto und Brief in mein Portemonnaie. Morgen würde ich mehr wissen.

8

Er hatte nicht lange Zeit. Gabi bestückte vor der Tür einen Rollwagen mit Mullbinden, Pflastern und anderen Verbandsmaterialien. Sie sollte laut husten, falls jemand kam, der nicht bemerken sollte, dass Claas am Computer saß. Er suchte nach Gemeinsamkeiten. In den letzten acht Wochen, seit er auf der Inneren Dienst tat, hatte es zwei Todesfälle von Patienten gegeben, von denen niemand erwartet hatte, dass sie starben. Zwar waren sie alle alt und krank gewesen, aber nicht sterbenskrank. Er glaubte, jemand würde nachhelfen. Nur die Beweise fehlten, und allein auf sein Gefühl wollte er sich nicht verlassen.

Koch und Münster. An die Patienten konnte er sich gut erinnern. Beide hatten einen Herzschrittmacher eingesetzt bekommen. Frau Koch und Herr Münster waren liebe alte Menschen gewesen, die jeder mochte. Bei jedem hatte Dr. Müller einen »natürlichen Tod« bescheinigt und den Leichnam zur Bestattung freigegeben. Genauso war es bei Brinkmann gewesen.

Es gab immer Phasen, in denen sich Todesfälle häuften. In Grippezeiten zum Beispiel. Aber hier war was faul. Es war auffällig, dass alle ein paar Stunden nach ihrer Verlegung von der Intensiv auf die Innere starben. Warum kam nur ihm das merkwürdig vor?

Er dachte an die Zeitungsartikel von Todesengeln in Krankenhäusern, die er gelesen hatte. Die Krankenschwester aus Österreich, die jahrelang Patienten getötet hatte. Aus Rache. Oder ein Fall aus Deutschland, wo eine Schwester aus Mitleid Todkranke erlöste, um ihnen die Schmerzen zu ersparen.

Keiner der Patienten war bösartig oder sterbenskrank gewesen. Alle hätten noch Jahre leben können. Claas wusste nicht, was er davon halten sollte. Ging seine Phantasie mit ihm durch? Bildete er sich alles nur ein? Was konnte er tun?

Seine Recherche im System brachte jedenfalls nicht viel. Er stand auf und fluchte, als ihm der Schmerz ins Knie fuhr. Vielleicht sollte er sich direkt an die Polizei wenden. Die wüssten, was zu tun wäre. Ein anonymer Brief würde vielleicht den Stein ins Rollen bringen, und er würde trotzdem seinen Job behalten. Sein Opa hatte ihm vor ein paar Wochen von einem Kommissar erzählt, den er in den siebziger Jahren kennengelernt hatte. Der war immer noch im Dienst. Das schien eine Möglichkeit.

9

Die Bürotür wurde aufgerissen. Tom wedelte aufgeregt mit einem Briefumschlag. »Ein anonymer Brief für dich, Chef.« Er legte ihn auf dem leeren Schreibtisch seines Vorgesetzten ab. »Aber keine Angst, wurde alles überprüft. Weder eine Briefbombe noch Kontaktgift. Nur ein anonymes Schreiben. Die Schriftart nennt sich American Typewriter, sagen die Experten. Nicht die bekannteste Schrift, aber Standard in den gängigen Textverarbeitungsprogrammen. Sie ähnelt der alten Schreibmaschinenschrift.«

Staufenberg blieb wie immer ruhig. Die Jahre als Polizist hatten ihn gelehrt, dass er mit Ruhe und Bedächtigkeit am weitesten kam. In der Hinsicht konnte Tom viel von ihm lernen.

»Ein anonymer Brief für mich? Was steht drin?«

»Der Hammer! Ein Todesengel soll im St.-Barbara-Krankenhaus unterwegs sein.«

Staufenberg hielt das Blatt hoch, betrachtete es von allen Seiten. Er hatte seine Lesebrille nicht parat, doch die Schriftgröße war groß genug gewählt, sodass er es mit ausgestreckten Armen lesen konnte.

Für Herrn Lorenz Staufenberg
Heinrich Brinkmann ist umgebracht worden. Und er ist nicht das erste Opfer im St.-Barbara-Krankenhaus. Seltsame Dinge gehen dort vor. Geht ein Todesengel um?

Kurz und knapp. Mittig auf dem Blatt platziert, auf ganz normalem Kopierpapier, DIN-A4-Format, weiß, achtzig Gramm.

Staufenberg presste die Lippen aufeinander und grinste gequält, während er sich vorstellte, wie das Papier untersucht worden war, bevor es an ihn weitergegeben wurde. Als ob er Opfer eines heimtückischen Anschlags werden könnte. Was für ein absurder Gedanke! Natürlich hatte er im Laufe der Jahre Verbrecher überführt und verhaftet, und sicher war ihm nicht jeder wohlgesonnen. Aber Kontaktgift? Briefbombe? Er schüttelte den Kopf. Lächerlich.

Noch zwei Wochen. Dann hatte dieser Irrsinn ein Ende.

Er schaute wieder auf das Papier, und sein Grinsen verschwand. »Todesengel«, wiederholte er. Kein schöner Gedanke. Eine schreckliche Vorstellung, wenn dies sein letzter Fall wäre und ungelöst bliebe. Ein Serientäter war schwer zu fassen, innerhalb der verbleibenden vierzehn Tage, die ihm im aktiven Dienst noch blieben, war es wahrscheinlich unmöglich. Er dachte an vergleichbare Fälle der letzten Jahre. Ein Mehrfachmörder in Leipzig, das war nicht das, was er sich für seine letzten Arbeitswochen wünschte.

»St.-Barbara-Krankenhaus? Kenn ich nicht. Weiß jemand von euch, wo das ist?« Er sah sich im Büro um.

»Das ist ein kleines Klinikum auf der Nürnberger Straße. Kirchlicher Träger.« Camilla saß bereits am Computer und hatte die Homepage der Einrichtung vor sich. »Nichts Besonderes, Grund- und Regelversorgung. Aber es gibt Gerüchte, dass das Krankenhaus in eine gemeinnützige Trägerschaft übergehen soll. Das steht natürlich nicht hier, aber ich hab davon gelesen.« Camilla pustete die Ponyfransen in die Höhe. »Dass dort ein Todesengel sein Unwesen treiben soll, halte ich für unwahrscheinlich. Sonst hätte uns ein Angehöriger doch bestimmt schon mal informiert.«

»Woher kennt der Schreiber mich?«, murmelte Staufenberg. »Der Brief ist persönlich an mich gerichtet. Ich kenne niemanden dort. Sagt euch der Name Heinrich Brinkmann etwas?«

Camilla und Tom schüttelten die Köpfe.

»Mir auch nicht. Schaut mal, was ihr über ihn herausbekommt. Ich geh hin. Ist ja nicht weit bis zur Nürnberger. Es liegt ja sonst nichts an, oder?«

»Der Chef-Chef wollte dich sprechen. In einer Viertelstunde hast du einen Termin bei ihm.«

»Sag ihn ab. Und erklär Brünner, dass etwas dazwischengekommen ist. Arbeit geht vor, das ist doch sein Lieblingsspruch.«

Camilla verzog das Gesicht. »Du weißt, dass er …«

»Arbeit geht vor«, wiederholte Staufenberg und hob die Hände entschuldigend in die Höhe.

Camilla verdrehte die Augen, bevor sie mit Tom sein Büro verließ.

Staufenberg sah den beiden nach und überlegte, wie es mit ihnen weitergehen würde, wenn er nicht mehr da war. Durch die

Glasscheibe beobachtete er, wie Tom mit Händen und Füßen auf Camilla einredete. Wie immer ignorierte sie seine temperamentvollen Gesten und griff ruhig und besonnen zum Telefon. Sie war das totale Gegenteil ihres Kollegen. Staufenberg war noch nicht sicher, wer seine Nachfolge übernahm, doch er hoffte, dass sein Vorgesetzter Walter Busch vorziehen würde. Er war ein ruhiger Mensch, der kein überflüssiges Wort sprach, aber über einen messerscharfen Verstand verfügte. Außerdem kannte er die beiden jüngeren Kollegen, wusste, wie gut sie sich ergänzten. Ein Neuer von außen würde viel Zeit mit neuen Regeln und dem Reorganisieren des gut laufenden Betriebs vergeuden und die Effizienz des Teams damit zuerst einmal zunichtemachen.

Staufenberg blickte auf den Monitor seines Computers. Das Mailprogramm informierte ihn darüber, dass dreiunddreißig ungelesene E-Mails in seinem virtuellen Postfach lagen. Sein Blick glitt über den Schreibtisch. Wie immer sah dieser ausgesprochen ordentlich aus. So, als würde sein Besitzer seine Aufgaben zeitnah abarbeiten. Dem war natürlich nicht so. Staufenberg hatte seinen eigenen Ordnungssinn, das ja, aber er ließ auch gern mal was liegen. Er war ein Hochstapler. Ganz links auf seinem Schreibtisch stapelte er jedes Blatt Papier, das ihn erreichte, ordentlich aufeinander. Interne Memos, E-Mails, die Camilla ihm ausgedruckt in einer Postmappe übergab, Briefe, Rundschreiben. Alles, was an Papierkram über seinen Tisch ging. Nicht alle Nachrichten wurden von ihm gelesen. Sicherlich überflog er das eine oder andere, aber er war der Meinung, dass rund neunzig Prozent der Schreiben unwichtig waren und den Verfassern nur zur Befriedigung ihrer eigenen Eitelkeit dienten. Das Wesentliche ging in dem krankhaften Drang, alles und jeden über jedes noch so unwichtige Detail zu informieren, unter. Neben dem linken Stapel mit der ›eingehenden Post‹ befanden sich seine Aufzeichnungen zu dem jeweiligen Fall, den er gerade bearbeitete.

Nach einiger Zeit, wenn sich keine Katastrophe ereignet hatte, nahm Staufenberg einen Pappkarton, legte beide Stapel hinein und stellte den Karton in den Schrank. Wenn der Schrank zu voll wurde, packte er alle Kartons in eine größere Kiste. Die kam irgendwann in den Keller. Er hatte dort als Einziger im Haus eine eigene Ecke, in der die Kisten mit seinen Unterlagen lagerten. Wer das mal genehmigt hatte, war unbekannt. Das wusste nur Staufenberg selbst, dem es egal war, was die anderen dachten. In zwei Wochen wäre er hier raus, und dann würde er die Stapel, die Kartons und die Kisten im Keller einfach vergessen.

Er sah auf die Uhr. Fast Mittagszeit. Regelmäßige Mahlzeiten hatte ihm der Arzt gegen die immer häufiger auftretenden Magenschmerzen empfohlen. Er blickte zum Kalender. Noch vier Tage bis zur Spiegelung. Er schob die düsteren Gedanken zur Seite und beschloss, unterwegs etwas zu essen. In der Nähe des Krankenhauses gab es sicherlich einen Bäcker. Er steckte zwei neue Gartenprospekte in eine Plastiktüte, um sich beim Warten im Restaurant oder Bistro die Zeit zu vertreiben, und überlegte kurz, ob er sein Büro abschließen sollte, wie es die neueste interne Richtlinie vorsah – verwarf den Gedanken jedoch sofort wieder.

»Camilla, ich bin weg. Hab aber für Notfälle das Handy dabei.«

Sie sah ihn erstaunt an, ohne etwas zu sagen.

Staufenberg öffnete die Tür des Vorzimmers und trat auf den Flur. Fünf Sekunden später klingelte sein Mobiltelefon. Er nahm ab. Es war Camilla.

»Ich wollte wissen, ob du mir diesmal die Wahrheit gesagt hast und tatsächlich das Telefon eingesteckt hast.«

Staufenberg lachte kurz auf, dann unterbrach er die Verbindung. Er überprüfte mit seinen Händen die Hosentaschen und vermisste sein Portemonnaie. Hatte er es auf dem Schreibtisch vergessen? Er ging zurück und blieb vor der leicht geöffneten Tür stehen, als er seinen Namen hörte. Neugierig lauschte er den Worten der Kollegin.

»Ich werde Staufenberg vermissen«, sagte sie. »Bei ihm weiß man wenigstens, was man hat. Mir graut es, wenn die Gerüchte stimmen und Walter unser neuer Chef wird. Aber der Brünner hält sich bedeckt. Sagt kein Ton.«

»Er ist Staufenbergs erste Wahl. Er sagt, Walter wäre gar nicht so schlimm. Also fachlich, menschlich kann ich mir kein Urteil erlauben. Er erzählt ja nie etwas Persönliches. Mir fällt es immer schwer, ihn als Mensch zu sehen. Er ist so …« Tom suchte offenbar vergeblich nach einem passenden Wort.

»Aalglatt. Ein Roboter würde seine Arbeit nicht anders machen. Außerdem riecht er fürchterlich. Nach alt. Mein Opa roch so.«

»Ist mir noch gar nicht aufgefallen. Ich gehe jetzt in die Kantine. Willst du nicht doch mitkommen?«

Staufenberg fand seine Geldbörse in der Innentasche der Jacke. Er verzog das Gesicht. Warum hatte er sie dorthin gesteckt? Er hörte, wie ein Stuhl im Büro zurückgeschoben wurde, und zuckte zusammen. Keinesfalls wollte er beim Lauschen erwischt werden. Er eilte davon. Camilla mochte ihn. Das beruhte auf Gegenseitigkeit. Mit Walter würde er noch mal reden. Vielleicht half es ja.

10

Gerda brachte mich in ihrem alten 3er-Golf zum Düsseldorfer Hauptbahnhof. Sie sprach nicht viel, doch wanderte ihr Blick während der Fahrt immer wieder zu mir. Erst als sie auf den Parkplatz abbog, ergriff sie wieder das Wort.

»Jessica, mir tut es leid, aber du weißt, wie deine Mutter ist. War«, korrigierte sie sich. »Sie hat sich komplett verweigert, wenn man weiter gebohrt hat. Hat auf stur geschaltet. Ich habe nicht mehr aus ihr herausgekriegt. Dir hat sie doch auch nichts erzählt. Aber du hast auch nicht gefragt. Warum hast du sie nicht gelöchert, nachgehakt? Dir hätte sie solche Fragen eher verziehen.« Dann fügte sie noch hinzu: »Und vielleicht auch beantwortet.«

Ich wusste nichts zu erwidern und stieg aus.

»Warte, Jessica«, rief Gerda.

Ich legte meinen Arm auf der geöffneten Autotür ab und guckte sie fragend an.

»Die sind für dich.« Sie drückte mir eine blaue Butterbrotdose in die Hand. »Mit Leberwurst. Die, die du so gern magst.«

Ich nahm die Plastikdose und nickte ihr zu.

»Ruf an, wenn ich dir helfen kann.«

Ich nickte erneut, schüttelte dann den Kopf.

Sie schaute mich nachdenklich an. »Trotzdem. Wenn du jemanden zum Reden brauchst, melde dich. Viel Glück«, fügte sie leiser hinzu.

Ich warf die Tür mit einem kräftigen Schwung zu und drehte mich um in Richtung Bahnhofseingang. Es waren viele Menschen unterwegs. Schüler, die ihre Rücksäcke über eine Schulter trugen. Anzugträger mit Laptoptaschen und Reisende, die ihre Rollkoffer hinter sich herzogen. Einige hatten Gepäckstücke, die über vier Rollen verfügten. Die zog man nicht hinter sich her, sondern schob sie an der ausgezogenen Stange. Es sah einfach aus, bis ich eine Dame beobachtete, die stehen geblieben war und nicht bedachte, dass der Koffer auf vier Rollen auf leicht abschüssigem Boden weiterlief. Ich musste grinsen, als ich in das Gesicht der Frau blickte.

Mein Gleis befand sich ganz am Ende. Ich ging weiter und hing meinen Gedanken nach. Natürlich hatte Gerda recht. Mutter war ein sturer Mensch gewesen. Wenn sie etwas wollte, beziehungsweise nicht wollte, dann setzte sie ihren Kopf durch. Egal wie ihre Umwelt darauf reagierte. Ihr hatte es geholfen, nie wieder ein Wort über ihre Liebe zu verlieren. Alles andere war egal. Alles andere und jeder. Auch ich.

Irgendwie hatten immer alle geglaubt, in meinem Sinn gehandelt zu haben. Wieso maßten sich andere an zu wissen, was für mich am besten war? Niemand hatte mich gefragt. Niemand mit mir diskutiert. Ich wollte Antworten, Gründe und Motive. Ich musste etwas ändern, mich neu erfinden. Die Suche war mein neuer Motor, setzte mich in Gang, trieb mich vorwärts.

Acht Uhr dreißig. Ich stand am Bahnsteig, Gleis 18, und sah mich um. Viele Reisende, eindeutig erfahrene Bahnkunden. Während ich mich dreimal an der Tafel vergewisserte, dass ich auch wirklich am richtigen Bahnsteig stand, saßen die meisten ruhig und entspannt da und tranken noch einen Kaffee aus dem Pappbecher oder lasen Zeitung. An etwas zu lesen hatte ich gar nicht gedacht. Auch wenn ich noch zehn Minuten Zeit bis zur Abfahrt hatte, wollte ich mich nicht von meiner Position entfernen. Die Angst, der Zug könnte ohne mich abfahren (oder der Mut würde mich in letzter Minute verlassen), war zu groß.

Eine Durchsage erklang. Ich verstand nur die Hälfte. Dummerweise auch nur genau diese Hälfte bei der englischen Wiederholung. In mir kroch die Angst hoch, dass etwas mit meinem Zug los war. Verspätung? Ausfall? Nervös blickte ich zur Anzeigetafel. Es wurde keine Änderung angekündigt. Die ältere Dame neben mir schnallte ihre Handtasche quer über die Brust und nahm ihren Rollkoffer mit nur zwei Rollen zur Hand.

»Entschuldigen Sie bitte. Betraf die Durchsage den ICE nach Leipzig?«, sprach ich sie an.

Sie blieb scheinbar widerwillig stehen. Ein abschätzender Blick durchleuchtete mich. »Ja.«

»Ich konnte nicht verstehen, was da gesagt wurde.«

»Das kommt von den Kopfhörern und der lauten Musik. Die

jungen Menschen von heute hören alle schlecht. Stundenlange Beschallung von Bässen. Das hält kein normales Ohr aus. Die haben alle einen Hörschaden. Ich kann mit meinen vierundsechzig Jahren die Flöhe husten hören.«

Mir fehlten die Worte. Ich beschloss, ihren Beitrag zu ignorieren, und fragte höflich: »Um was ging es denn in der Durchsage?«

Ich schaute zur Bahnhofsuhr. Noch fünf Minuten bis zum planmäßigen Eintreffen des Zuges. Welche Informationen fehlten mir? Musste ich zu einem anderen Gleis? Fiel der 545 aus? Ich wurde unruhig.

»Die Wagen der ersten Klasse liegen im Abschnitt B. Da geh ich jetzt hin«, teilte mir die ältere Dame mit. Sie betonte jede Silbe, sprach sehr laut – als würde ich kein Deutsch verstehen. Dann drehte sie sich um, zog den Rollkoffer hinter sich her und würdigte mich keines Blickes mehr.

Was bedeutete das? Abschnitt B? Mein Ticket war für die zweite Klasse. Musste ich etwas tun?

Ein junger Mann grinste mich an. Er zeigte mit dem Finger auf eine Tafel. »Wagenstandsanzeige. Da schauen Sie, in welchem Abteil Sie sitzen, dann wissen Sie den Abschnitt.«

Ich fühlte mich dumm und unterdrückte den Impuls, mich zu erklären. Der junge Mann lächelte mich immer noch an. »Kommen Sie, ich zeige es Ihnen. Sie fahren nicht oft Zug?«

»Das erste Mal«, erwiderte ich.

Er zeigte mir die Tafel, und ich kramte meinen DIN-A4-Ausdruck des Onlinetickets hervor. Zwischen all den Zeichen fand ich in meiner Hektik die Sitzplatzreservierung nicht. Der Fremde beugte sich über mich und zeigte mit dem Finger auf die Informationen, die ich brauchte, dann auf die Anzeigetafel. Ich bedankte mich, schämte mich und begab mich zu Abschnitt C.

Der Zug fuhr pünktlich ein, und ich fand problemlos mein Abteil. Die Platzreservierung hatte geklappt, und ich lehnte mich im Sitz zurück. Bis Hannover würde ich Ruhe haben, erst dort musste ich umsteigen. Der Anschlusszug fuhr vom gleichen Bahnsteig ab, vom gegenüberliegenden Gleis. Der Schaffner erklärte mir das sehr geduldig, während er das Ticket mit meiner Kreditkarte abglich.

Das waren gute Nachrichten. Kein Suchen, kein Hetzen, um den richtigen Zug zu finden. Ich blickte aus dem Fenster, ließ die Landschaft und die Häuser vorbeiziehen und hing meinen Gedanken nach, die noch immer unkontrolliert in meinem Kopf umherschwirrten. Ich war verwirrt, wie in Watte gehüllt.

Das Verhältnis zu meiner Mutter war seltsam gewesen. Wenn ich sie mit den anderen Müttern meiner Bekannten verglich, gab es kaum Gemeinsamkeiten. Zum ersten Mal fragte ich mich, ob ich mir eine andere Mutter gewünscht hätte. Hatte mich ihr Verhalten gestört? Nein, ich schüttelte den Kopf. Nein, sie war so, wie sie war. Und ich hatte sie akzeptiert. Punkt. Ich wusste von ihrer Trauer um ihre große Liebe, meinen Vater.

Für mich war ihr passives Verhalten normal gewesen, ich hatte sie nicht anders gekannt. Sie hatte alles für mich getan, was ihr möglich gewesen war. Versorgte mich, achtete auf meine Gesundheit und darauf, dass ich immer »ordentlich im Zeug« war. So nannte sie das. Das war ihr wichtig. Die Leute sollten nicht merken, dass wir wenig Geld hatten und dass sie alleinerziehend war. Gefühlsduselei war in unserer kleinen Welt fremd. Das war für mich in Ordnung gewesen. Was ich allerdings unterschwellig immer geahnt hatte, wurde jetzt nach ihrem Tod zur Gewissheit.

Geliebt hatte sie mich nie.

Gerda, die Außenstehende, war mir emotional näher als meine eigene Mutter. Zwar konnte ich ihre Gefühle nicht in gleichem Maß erwidern, doch das war für sie in Ordnung. Ich war ihr Ersatzkind. Das Kind, das sie nie gehabt hatte. Zum ersten Mal fragte ich mich, warum sie eigentlich nie einem Mann begegnet war, in den sie sich hatte verlieben können. Und wieso fand ich es erst jetzt eigentümlich?

Sie hatte geholfen, mich zur Welt zu bringen, und war immer in unserer Nähe gewesen. Seit dieser illegalen Reise aus Leipzig, aus der DDR heraus, auf der sie sich kennengelernt hatten. Illegal, gesetzwidrig, kriminell. Meine Mutter gerade mal siebzehn, schwanger und voller Ideale. Ihr Freund wollte nachkommen, so schnell wie möglich. Gerda kümmerte sich. Nahm sie mit zu ihren Verwandten an den Niederrhein, nach Neuss. Sie teilten sich erst ein Zimmer, später eine gemeinsame Drei-Zimmer-Wohnung. Übergangsweise, eigentlich. Als klar war, dass mein Vater nie kommen würde, mieteten sie zwei nebeneinanderliegende Wohnungen auf der Kantstraße. Und da hatten wir alle gelebt, bis zu Mutters Tod.

Warum hatte ich nie nachgefragt?

Ich schaute mir die Mitreisenden an. Versuchte, in ihren Gesichtern zu lesen, ihre Geschichte anhand ihres Aussehens zu erraten. Zum dritten Mal stand die Frau von schräg gegenüber auf. Ihre Handtasche dicht an sich geklemmt, ängstlich auf ihren zurückbleibenden Koffer blickend, ging sie erneut zu den Toiletten. Reizdarm? Nervöse Blase? Sie kam zurück und sah anders aus. Erst als ich ganz genau hinsah, entdeckte ich rosafarbenen Lippenstift. Die Haare waren blondiert und struppig, die Falten um Augen, Nase und Mund zeugten von Verbitterung, Entbehrung und Enttäuschung. Doch in ihrem Blick lag eine Vorfreude, die ihrem ganzen Körper eine positive Ausstrahlung verlieh. So hatte ich meine Mutter nie gesehen. Gerechterweise fragte ich mich, ob es mir überhaupt aufgefallen wäre.

Welche wichtigen Dinge wollte mir der Freund meines Vaters mitteilen? War er überhaupt ein Freund von ihm gewesen? Warum hatte er bis jetzt geschwiegen?

Ich erhob mich. Der nächste Halt war Hannover. Viel zu früh stand ich im Übergang zweier Waggons, aus Angst, das Umsteigen zu verpassen. Als wir in die selbst ernannte Expo-Stadt einfuhren, drückte ich ungeduldig auf den Türöffner, der nicht sofort reagierte. Hektisch betätigte ich ihn ein zweites Mal. Ich atmete erleichtert auf, als ich auf dem Bahnsteig stand. Gegenüber wartete mein Anschlusszug, und auch hier fand ich sofort meinen reservierten Sitzplatz.

Durch meine Grübeleien verging die Zeit viel zu schnell. Ich bekam von der Landschaft nicht viel mit, und jeder Blick zu einem anderen Menschen im Abteil ließ mich wieder an meine Mutter denken. Sie war anders gewesen, ganz anders als jeder, der hier saß. Wie ich.

In Leipzig stieg ich aus, angenehm überrascht, dass alles gut gegangen war. Die Horrorszenarien der letzten Nacht waren Einbildung geblieben: Ausfall der Klimaanlage oder Heizung, doppelt belegte Plätze, Verspätungen, Selbstmörder, Zugentgleisung. Nichts davon war geschehen. Auch wenn ich nicht abergläubisch war, wertete ich es als gutes Omen für die nächsten Tage.

11

Der junge Mann an der Rezeption schaute an mir vorbei, obwohl er mit mir sprach. »Bitte füllen Sie dieses Formular aus.« Er schob mir den Meldezettel und einen dunkelroten Kugelschreiber hin und schaute wieder auf den Bildschirm vor ihm. »Zimmer 202, hier ist der Schlüssel. Rechts um die Ecke befindet sich der Aufzug. Zweiter Stock, rechte Hand.«

Ich bedankte mich, nahm die Karte, die mein Schlüssel sein sollte, und begab mich auf das Zimmer. Es war ein kleines, günstiges Hotel in der Nähe des Bahnhofes. Den würde ich mir gleich noch einmal genauer anschauen. Mein Reiseführer schrieb, dass er sehenswert sei. Ich wuchtete meinen kleinen Koffer auf den Hocker, der neben dem schmalen Bett stand, und packte aus. Für drei Tage hatte ich das Zimmer gebucht, mit Option zu verlängern. Meine Kleidungsstücke hängte ich auf die vorgesehene Stange. Für einen Schrank war das Zimmer zu klein. Ich blieb einen Moment unschlüssig im Raum stehen und setzte mich auf das Bett.

Sollte ich sie jetzt anrufen? Ich kramte nach meinem Handy und suchte die Leipziger Nummer. Mein Herz raste. Ich drückte die Taste und wartete, bis die Verbindung stand.

»Sauer?«, erklang die bekannte Stimme.

»Hier ist Jessica Laumann. Ich bin gerade angekommen. Wie geht es Ihrem Mann?«

Kurz und bündig. Ich war hier, um etwas zu erfahren, und nicht um Höflichkeiten mit einer fremden Frau auszutauschen.

»Das ist aber eine Überraschung! Wie schön. Ewald geht es den Umständen entsprechend gut. Ich habe ihm erzählt, dass Sie kommen. Es hat ihn sehr gefreut. Er ist erschöpft, man hat ihm Beruhigungsmittel gegeben, aber er ist ansprechbar. Sollen wir ihn vielleicht morgen besuchen? Zum Glück ist alles gar nicht so schlimm, wie es gestern noch schien. Er ist hier aber auch in den besten Händen. Sie bleiben doch ein paar Tage, oder? Wo sind Sie untergekommen?«

»In einem Hotel direkt am Bahnhof. Im A&O.«

»Dann sind Sie ja mittendrin. Und so ein schöner Bau. Unser ehemaliges Reichspostgebäude der Kaiserzeit. Steht unter Denkmalschutz.« Sie machte eine Pause. Ob sie eine Erwiderung erwartete? »Darf ich Sie vielleicht für heute Abend zu uns nach Hause zum Essen einladen? Das ist Ewalds Idee gewesen, und ich würde mich sehr freuen, Sie kennenzulernen. Ich hab Sie ja schließlich hierhin gelockt.« Sie lachte.

Ich überlegte. Eine fremde Stadt, in der ich niemanden kannte. Einen Rundgang durch Leipzig hatte ich mir heute Nachmittag vorgenommen. Sonst gab es nichts für mich zu tun. »Ich möchte Ihnen keine Umstände bereiten.«

»Ach, ich bitte Sie. Darf ich Sie abholen?«

Ich nickte und sagte: »In Ordnung. Wann?«

»Um halb acht? Warten Sie vor dem Hotel? Ich freue mich.« Ihre Stimme klang wirklich, als ob sie es so meinte.

Ich wusste nicht, wie ich mich fühlen sollte, und legte auf.

12

»Ich habe etwas zum Tod von Elke Schönherr zu sagen. Vielleicht hilft es Ihnen, das Warum und die Hintergründe aufzuklären.« Die junge Frau saß auf der Holzbank im Flur des Leipziger Kommissariats und sah angespannt und entschlossen in Camillas Gesicht.

»Sie sind hier bei der Mordkommission. Sie glauben, Sie sind hier richtig?«

»Ja.«

»Kommen Sie doch bitte mit mir, Frau … Entschuldigen Sie, wie ist Ihr Name?«

»Gerber, Tanja Gerber.« Sie atmete tief ein, bevor sie weitersprach. »Meine Freundin, die Elke, hat sich … Sie war die, die sich vom Völkerschlachtdenkmal hinuntergestürzt hat.«

Camilla schaute sie ernst an. »Ja, entschuldigen Sie. Ich erinnere mich. Es tut mir sehr leid, Frau Gerber. Sie sind eine Freundin von Elke? Die Mutter hat uns gar nichts von Ihnen erzählt. Was führt Sie zu uns? Sie glauben, dass es kein Suizid war?« Sie bat die junge Frau mit einer Handbewegung, Platz zu nehmen.

»Nein, doch. Nicht direkt«, antwortete diese. »Aber es ist auch nicht so, wie es aussieht. Es ist etwas … etwas kompliziert. Es gibt Menschen, die verantwortlich dafür sind, dass sie so unglücklich war. Und die sollen Sie finden.«

»Wenn ich die Fakten richtig im Kopf habe, hat die Tote keinen Abschiedsbrief hinterlassen. Hat sie sich bei Ihnen vorher gemeldet?«

»Nicht direkt.« Die junge Frau sah verzweifelt aus.

»Was ist denn passiert?«, hakte Camilla nach.

Tanja Gerber seufzte. »Es ist schwierig. Elke und ich haben uns vor zwei Jahren kennengelernt. Sie war ein wunderbarer Mensch. Sie verstand es zuzuhören. Eine Fähigkeit, die die wenigsten Menschen besitzen.« Die Wangen der jungen Frau glühten. »Wir sind oft essen gegangen. Es war … ja, man kann sagen, es war eine Art Therapie. Ich habe versucht, ihr Essverhalten positiv zu beeinflussen, und ihr bewussten Genuss in Maßen empfohlen. Wenn wir in einem Lokal waren, hat sie sich nie getraut, zu viel zu essen. Nicht wie daheim, wo sie jede Kontrolle über sich verloren hatte. Es sah aus, als ob es funktioniere. Wir überlegten sogar zusammenzuziehen. Sie wollte weg von ihrer Mutter und ihrer Tante, konnte sich aber allein keine eigene Wohnung leisten. Meinen Vorschlag hat sie irgendwie falsch verstanden. Es ist etwas passiert, womit ich nicht gerechnet habe.«

Tanja saß jetzt ganz aufrecht und fummelte an ihrer Nagelhaut herum. »Elke hat sich in mich verliebt.« Sie machte eine Pause. »Ich konnte gar nicht damit umgehen, bin auf Abstand gegangen. Dann habe ich ihr einen Brief geschrieben, in dem ich ihr erklärte, dass ich sie sehr mag, aber nun mal auf Männer stehe.«

»Wie hat sie reagiert? Haben Sie daraufhin noch einmal etwas von ihr gehört?«

»Sie hat angerufen und sich entschuldigt. Mehrfach. Sie wüsste ja auch nicht, was mit ihr los wäre. Und dann hat mich jemand auf die Idee gebracht, dass Elke vielleicht gar nichts dafür kann.«

»Wie meinen Sie das?«

»Hat man denn nichts Ungewöhnliches bei der Obduktion gefunden? Elke ist doch Hochleistungssportlerin gewesen. Doping war ganz normal in ihrer aktiven Zeit. Also, ich meine nicht nur damals … Und wenn man Hormone bekommt, dann kann sich doch vieles ändern, oder? Deshalb wohl ihr Sinneswandel in Bezug auf ihr Liebesleben. Ich hab viel nachgedacht, um es zu begreifen. Dem muss man doch nachgehen. Und wenn das stimmt, was ich vermute, dann hat dieser Trainer sie auf dem Gewissen.«

Staufenberg trat ins Zimmer. »Camilla, ich brauche …« Er brach ab und schaute seine Kollegin fragend an. Sie stellte Tanja Gerber vor und wiederholte in kurzen Sätzen, was die junge Frau ihr erzählt hatte.

Staufenberg hörte aufmerksam zu. Dann richtete er das Wort an die Zeugin. »Frau Gerber, Sie haben richtig entschieden, uns von Ihren Vermutungen zu unterrichten. Aufgrund der Obduktion können wir Doping nicht ausschließen. Allerdings bezweifele ich, dass wir in dieser Richtung ermitteln können. Haben Sie Beweise, dass Elke gezwungen wurde, Hormone zu nehmen? Haben Sie Namen?«

Die junge Frau zuckte die Achseln. »Nein, aber das kann man doch herausfinden.« Sie schaute erwartungsvoll in die Gesichter der Beamten. Als niemand ihr zustimmte, stand sie auf. »Dann hätte ich mir diesen Besuch auch sparen können. Wenn Sie sowieso nichts machen wollen …«

»Das hat nichts mit Wollen zu tun, sondern mit Können.« Camilla seufzte. »Ich werde aber dem Verdacht im Rahmen unserer Möglichkeiten nachgehen. Es ist wichtig, dass Sie uns darüber informiert haben. Nochmals danke.«

Tanja Gerber stapfte aus dem Raum und schlug wütend die Tür hinter sich zu.

Staufenberg sah ihr nach. »Natürlich hängt das alles zusammen. Der Hochleistungssport, das Doping. Vielleicht auch der Selbstmord, in letzter Konsequenz. Aber dann können wir auch die Mutter verhaften. Sie trägt ebenso Schuld an Elkes Tod. Was für eine Sauerei. Aber wie du schon richtig bemerkt hast: Uns sind die Hände gebunden.«

13

An der Rezeption fragte ich nach einem Stadtplan. Der junge Mann, jetzt etwas freundlicher, händigte mir einen aus und erkundigte sich, ob ich etwas Bestimmtes besichtigen wollte. Ich verneinte. Dann überlegte ich es mir anders und fragte, ob das St.-Barbara-Krankenhaus weit entfernt wäre.

»Nein, das ist ganz in der Nähe. Sie können sogar zu Fuß gehen. Oder mit der Straßenbahn bis zum Bayerischen Platz fahren.«

Er zeichnete mir das Krankenhaus auf meinen Plan ein, und ich bedankte mich. Ich war hier, um etwas in Erfahrung zu bringen. Wenn mir dieser Ewald Sauer etwas über meinen Vater mitteilen konnte, dann wollte ich allein mit ihm sein. Warum nicht jetzt schon mal die Lage sondieren? Auf Anhieb fand ich die richtige Haltestelle. Sogar das Ticket am Automaten bereitete mir keine Schwierigkeiten. In vier Minuten sollte die Bahn kommen. Mit mir warteten nur wenige Leute. Die Bahn kam pünktlich, und ich stieg ein. Ein junger Mann rutschte zur Fensterseite, damit ich mich setzen konnte, doch ich schüttelte den Kopf. Vor lauter Aufregung, den Ausstieg zu verpassen, blieb ich stehen und hielt mich an der Stange seines Sitzes fest. Ich schaute hinaus und bewunderte die schönen Fassaden. Leipzig hatte ich mir ganz anders vorgestellt.

Der junge Mann neben mir telefonierte, und ich lauschte seinem Dialekt. Es wirkte nett, sympathisch. Er lächelte mir zu und sprach unbekümmert weiter. Soweit ich verstand, verabredete er sich für den Abend mit ein paar Freunden.

Plötzlich sprach er mich an. »Schulldchnsä«, hörte ich. Verstehen konnte ich ihn nicht.

»Bitte?«, erwiderte ich, und er lachte.

»Ich muss aufstehen, die nächste Haltestelle ist meine. Bayrischer Platz«, sagte er in fast einwandfreiem Hochdeutsch.

»Natürlich. Bayerischer Platz, da muss ich auch raus«, rief ich und merkte, wie mir die Röte ins Gesicht stieg.

»Sie sind nicht von hier, das hört man. Wo müssen Sie denn hin?«

Ich nannte mein Ziel, und der Fremde bot mir an, mich zum Krankenhaus zu begleiten. Ich lehnte dankend ab. Ich dachte an die unfreundliche Dame am Düsseldorfer Bahnhof und wunderte mich über die Hilfsbereitschaft der Leipziger. Sie schienen mir viel netter und freundlicher als die Menschen am Niederrhein. Es fiel mir schwer, diese Herzlichkeit anzunehmen. Der junge Mann war glücklicherweise nicht beleidigt, sondern erklärte mir fast ohne Dialekt den Weg.

Mir wurde warm. Das lag nicht nur an der Sonne, die auf meinen Oberkörper schien, sondern auch daran, dass ich nicht wusste, was mich erwartete. Was würde ich erfahren? Meine nassen Hände wischte ich an den Oberschenkeln ab. Ich gab es ungern zu, doch ich hatte Angst. Krankenhäuser bedrückten mich. Im wahrsten Sinne des Wortes. Mir saß ein dicker Kloß im Hals, und auf meinem Brustkorb lagen Betonklötze. In der Zeit, als ich meine Mutter mehrmals täglich im Krankenhaus besucht hatte, war ich ständig kurzatmig gewesen. Auch jetzt fühlte ich diese Beklommenheit.

Ich rief mir die Wegbeschreibung in Erinnerung und stand ein paar Minuten später vor dem Gebäude. Noch einmal atmete ich tief ein und schritt durch den Eingang. Einen Moment ließ ich den Innenraum auf mich wirken, bevor ich auf den Glaskasten zuging.

Die Dame am Empfang strahlte mich an. »Guten Tag. Was kann ich für Sie tun?«

»Guten Tag«, antwortete ich. »Ich möchte gern Ewald Sauer besuchen. Herzinfarkt.«

Sie schaute auf den Monitor, lächelte mich mitleidig an und erwiderte: »Dr. Ewald Sauer liegt auf der Intensivstation.«

Ich erschrak über den Doktortitel. Das hatte ich nicht gewusst, und während mir die nette Frau den Weg auf die Station erklärte, ging meine Phantasie mit mir durch. Dr. Sauer war vielleicht der Gefängnisarzt gewesen, der meinen Vater behandelt hatte.

Eine eigenartige Unruhe befiel mich. Ich fuhr mit dem Aufzug in die erste Etage. Ein leerer Gang, eine Doppeltür aus Glas, eine Sprechanlage und ein Klingelknopf erwarteten mich. Auf einem Blatt Papier stand die Aufforderung, dass man bitte nur einmal die Klingel betätigen und dann warten solle. Ich klingelte und wartete auf eine Stimme aus dem Lautsprecher. Stattdessen öffnete eine junge Schwester die Tür und fragte, was sie für mich tun könne.

»Ewald Sauer liegt hier?«

»Sind Sie eine Verwandte?«

Ich hielt die Luft an und nickte. Bloß keine falsche Erklärung abgeben, die alles erschweren würde.

Sie lächelte mich freundlich an. »Er schläft gerade. Möchten Sie ihn trotzdem sehen?«

Ich nickte wieder. Sprechen konnte ich nicht. Es war ein Wink des Schicksals, dass er schlief.

Ich zog die Schutzkleidung über, erst dann ließ mich die Krankenschwester zu ihm. Die Intensivstation, auf der meine Mutter gelegen hatte, war größer gewesen. Hier standen nur ein paar Betten. Doch die Überwachungsgeräte, Geräusche und Schläuche waren die gleichen. Es gab keinen Unterschied.

Die Schwester zeigte mir das Bett und ließ mich allein. Ich sah überall Kanülen, in denen Flüssigkeiten in und aus dem vor mir liegenden Körper transportiert wurden. Der überraschte mich allerdings sehr. Diese massige Gestalt hatte nichts mit dem schmalen Körper meiner Mutter gemein. Das erkannte ich trotz der Decke. Dann das Gesicht. Eingefallene Wangen. Tiefe Falten, Tränensäcke. Große Poren. Haare, die aus der Nase und aus den Ohren wuchsen. Auf dem Kopf hingegen fand sich kein einziges.

Der Mann öffnete die Augen, sah mich an. Eine Ewigkeit, wie mir schien. Im Gegensatz zu seinem Körper wirkte sein Blick gesund und wach.

»Jessica?«, flüsterte der Mann, und ich trat einen Schritt näher.

Er lag wieder mit geschlossenen Augen da, doch er versuchte weiterzusprechen. »Dein Vater.« Er machte eine Pause. Ich trat noch etwas näher. Er flüsterte erneut: »Dein Vater.«

Eine der Kurven auf dem Überwachungsmonitor bewegte sich stark. Ewald Sauer atmete heftig. »Er …«

In diesem Moment ertönte ein durchdringender Alarmton, und die Schwester kam ins Zimmer gerannt. Sie sah mich böse an. »Was haben Sie gemacht? Sie gehen besser. Sofort!«

»Aber ich … Er hat …«

»Gehen Sie!«

Sie zog eine Spritze auf, schob mich zur Seite. Ich bekam kein Wort der Rechtfertigung heraus und schlich mich aus dem Raum. Ich hatte nichts gemacht, und doch fühlte ich mich schuldig. Wie sollte ich das seiner Frau erklären? Erst dann begriff ich, dass mir Ewald Sauer etwas Wichtiges hatte mitteilen wollen. Was gab es, was ihn nach so vielen Jahren so aufregen konnte? Ich fühlte mich niedergeschlagen.

Statt zurück zur Straßenbahnhaltestelle zu gehen, lief ich einfach geradeaus. Rechter Hand befand sich ein kleiner Park, der zum Krankenhaus gehörte. Die Sonne lugte hinter den Wolken hervor, und ich setzte mich auf eine der Holzbänke. Ein sanfter Wind streichelte mein Gesicht.

Alles kam mir unwirklich vor. Ich war in einer Stadt, die ich nicht kannte. Die ganze ehemalige DDR war mir unbekannt. Mein Wissen bezog ich aus Reportagen und Zeitungsartikeln. Jetzt erinnerte ich mich, dass meine Mutter es mir sogar verboten hatte, an der Klassenfahrt nach Berlin teilzunehmen. Sie hatte Angst gehabt, eine unergründliche Angst, dass ich nicht mehr zurückkommen würde. Sie redete von Agenten und Kommunisten, dass man dieses Land nicht unterstützen dürfte, indem man Devisen hineinbrachte. Der Ärger war vorprogrammiert. Jeder Versuch, egal ob von den Lehrern oder Gerda, sie zu überzeugen, dass ihre Paranoia unbegründet war, schlug fehl. Sogar der Schuldirektor schaltete sich ein, doch vergeblich. Ich blieb zu Hause und besuchte die Parallelklasse. Schließlich galt die Schulpflicht. Verstanden hatte ich es damals nicht, aber genickt und gehorcht.

Ich schloss die Augen und versuchte mich zu beruhigen. »Dein Vater«, hatte Sauer gesagt. Was wollte er mir über meinen Vater mitteilen? Ich grübelte, bis mich eine fremde Stimme aus meinen Überlegungen riss.

14

Staufenberg trat auf die Straße und beäugte skeptisch den Himmel. Sollte er das Fahrrad nehmen? Er entschied sich dagegen, denn er ging die Strecke lieber zu Fuß. Er wollte das Wetter spüren.

Während der letzten Jahre, in denen es für ihn nichts anderes als seine Arbeit gegeben hatte, hatte ihn immer häufiger das Gefühl überfallen, die Jahreszeiten zu versäumen. Voller Vorfreude wartete er in den Wintermonaten auf den Frühling und stellte dann überrascht fest, dass er ihn verpasst hatte. Das Erblühen der Krokusse und der Narzissen war ihm auch dieses Jahr überhaupt nicht aufgefallen. Und dann lagen plötzlich wieder die Magnolienblüten auf der Erde und der Fliederduft in der Luft. Kurze Zeit später konnte Staufenberg dann in den Supermärkten Dominosteine und Marzipankartoffeln kaufen.

So ging es mit ihm nicht weiter. Klara hätte sich gefreut, wenn sie seine Verwandlung mitbekommen hätte. Doch dafür war es zu spät. Nur noch wenige Tage Schnüffelei, Kombinieren und Zusammenhänge herstellen, wo keine waren, um sie dann wieder zu verwerfen. Oder Hinweise finden, die sie verstärkten. Keinem Verdächtigen trauen. Er seufzte. Das hatte Karla zermürbt. Sein ständiges Misstrauen gegen alle und jeden. Nichts glauben, wofür es keine Beweise gab. Ob er dieses Verhalten ablegen könnte? Auf seine alten Tage? Am Ende dieses Falles warteten Tomaten und Kartoffeln auf ihn. Aber nur, wenn er ihn löste. Mit einem ungelösten Fall würde er seinen Ruhestand nicht genießen können. Er warf einen kurzen Blick in die Tüte. »Nutzgärten zum Träumen« lautete die Schlagzeile eines Prospekts. Er lächelte und blieb an der Ecke Dimitroffstraße/Peterssteinweg stehen. Eine Gruppe älterer Touristen stand neben ihm. Eindeutig Touristen. »Schau mal, das Ampelmännchen mit dem lustigen Hut gibt es ja wirklich«, hörte er eine Frau sagen.

Ostalgie, dachte er. Das war übrig geblieben. Die DDR auf Ampel- und Sandmännchen reduziert. Er war sich nicht sicher, ob er sich darüber ärgern oder schmunzeln sollte. Er lief ein paar

Schritte weiter und bog dann rechts auf die Windmühlenstraße ab, nach ein paar Metern wieder links auf die Nürnberger. Gleich war er im St.-Barbara-Krankenhaus, das sich in unmittelbarer Nähe der Uniklinik Leipzig befand. Praktisch, dann war der Weg zur Gerichtsmedizin nicht so weit.

Staufenberg betrat das Krankenhaus an der Ecke zur Seeburgstraße. In direkter Nachbarschaft zur Uniklinik wirkte es seltsam deplatziert. Ein Gebäude von 1900, das unter Denkmalschutz stand. Staufenberg wusste, dass das St. Barbara nur deshalb wirtschaftlich rentabel war, da es zum größten Teil mit freien Ärzten kalkulierte, die auf Honorarbasis arbeiteten.

Er blieb in der Eingangshalle stehen und schaute auf die Infotafel. Die Innere Station befand sich im zweiten Stock. Er nahm die Treppe statt des Aufzugs. Das Krankenhaus hatte sich trotz moderner Geräte und Apparaturen den Charme eines historischen Gebäudes erhalten. Unwillkürlich fragte er sich, was sich innerhalb dieser Mauern schon alles abgespielt hatte. Er stellte sich die Krankenschwestern der damaligen Zeit vor, wie sie mit ihren weißen Gewändern und langen Hauben durch die Gänge eilten. Ein Hauch von Wehmut überkam ihn.

»Kann ich Ihnen helfen?«

Ein junger Mann stand plötzlich vor ihm. Staufenberg brauchte einen Moment, um sich wieder im Hier und Jetzt einzufinden.

»Ja. Gern«, antwortete er, und bevor er richtig überlegen konnte, ging ihm die Lüge über die Lippen: »Ein alter Schulkamerad, Bernhard Brinkmann, liegt hier, hat man mir gesagt. Ich wollte ihn besuchen. Freut ihn sicher.«

Der junge Mann schaute ihn erstaunt an. »Pfleger Claas Saale« stand auf dem Namensschild an seiner Brust.

»Es tut mir sehr leid, aber Sie können Herrn Brinkmann nicht besuchen.«

»Ist er schon entlassen worden? Bin ich zu spät?«, fragte Staufenberg scheinheilig.

Der junge Mann wurde blass. »Nein, das ist es nicht, aber Herr Brinkmann ist sehr krank gewesen und … Kannten Sie ihn gut, Herr …?«

Staufenberg überhörte die Frage nach seinem Namen. »Seit

Ewigkeiten. Aus Schultagen. Aber wieso sagen sie ›kannten‹? Sie meinen, er ist …?«

Claas Saale erwiderte: »Kommen Sie mit, da vorn gibt es eine kleine Sitzgruppe. Ich habe einen Moment Zeit. Da gibt es etwas, was Sie wissen müssen.«

Staufenbergs Gewissen meldete sich. Der junge Pfleger bemühte sich, ihm schonend die schlechte Nachricht mitzuteilen, die er schon längst wusste. Sie nahmen in zwei altmodischen Clubsesseln Platz.

»Es tut mir sehr leid. Aber Herr Brinkmann ist verstorben. Sein Herz, wissen Sie, hat nicht mehr mitgespielt. Erst sah es so aus, als sei die Operation gut verlaufen, doch dann war sein Allgemeinzustand zu schwach. Er ist ganz friedlich eingeschlafen.«

»Er war immer der Aktivste von uns allen. Hat viel Sport gemacht.« Staufenberg spielte seine Rolle gut.

»Ja, das sah man. Er war sehr fit. Eigentlich habe ich erwartet, dass er die Operation gut übersteht.« Der Blick des Krankenpflegers verlor sich kurz im Nichts. Nach ein paar Sekunden sah er Staufenberg wieder an. »Kennen Sie Familienangehörige von Herrn Brinkmann? Niemand hat ihn besucht.«

»Wir haben uns lange nicht gesehen. Ich weiß nicht, ob er verheiratet war.«

Der junge Mann rutschte auf dem Sessel hin und her.

Staufenberg war lang genug Kommissar, um zu merken, dass dem jungen Mann etwas auf der Seele lag. »Stimmt etwas nicht?«, fragte er direkt.

Der junge Mann druckste herum. »Sie sind der Erste, der nach ihm fragt. Komisch.«

»Was ist daran komisch?«, hakte Staufenberg nach.

»Nichts«, antwortete der junge Mann.

Eine ältere Dame in weißem Kittel kam auf die beiden zugeeilt. »Claas, ich brauche Sie«, rief sie mit schriller Stimme.

»Die Oberschwester. Die Arbeit ruft.« Dann fügte er leise hinzu: »Wenn Sie einen Tipp von mir haben wollen, ich würde nachbohren, warum Brinkmann so plötzlich gestorben ist.«

»Ich habe Ihnen meinen Namen noch nicht genannt. Staufenberg, Lorenz Staufenberg heiße ich. Sagt Ihnen der Name etwas?«

Der Pfleger stockte, sein Gesicht wurde noch blasser. »Woher? Ich meine, warum sind Sie …?«

Staufenberg lächelte nachsichtig. »Ist ja gut, Herr Saale, nicht wahr?«

Claas Saale sah erschrocken auf.

»Ihr Namensschild«, lächelte Staufenberg. »Ich habe Ihre Nachricht erhalten und würde mich gern mit Ihnen unterhalten. Wann haben Sie Zeit?«

Der Krankenpfleger schluckte und schaute auf die Uhr. »Okay. Gegen vier? Dann hab ich Feierabend, und wir können uns in dem Café hier um die Ecke treffen. Einverstanden?«

Staufenberg taxierte den jungen Krankenpfleger. Würde er wirklich kommen? Nicht selten hatte er erlebt, dass ein potenzieller Zeuge kurz vor dem entscheidenden Moment kalte Füße bekam und es sich noch einmal anders überlegte. Es war wichtig, schon beim ersten Gespräch einige Informationen zu erhalten. Ansonsten stand man schnell mit leeren Händen da.

Gerade wollte er zu seiner ersten Frage ansetzen, als er die ältere Frau im weißen Kittel wieder auf sie zukommen sah. Er wechselte in einen unverbindlichen Plauderton, als sie an ihnen vorbeirauschte. »Herzlichen Dank. Sie sind sehr freundlich gewesen. Auf Wiedersehen, Herr Saale.«

Doch anstatt zu gehen, zog er den jungen Mann in ein leeres Zimmer und schloss die Tür.

15

Staufenberg kaufte auf dem Rückweg zum Präsidium drei Milchkaffee. Er hatte keinen Hunger, das Mittagessen fiel aus. Er musste mit seinen Kollegen über den Fall sprechen.

Tom und Camilla nahmen die Becher dankend entgegen. »Und?«

»Ich hab nicht lange gebraucht, um zu erkennen, dass dieser junge Pfleger der Schreiberling war. Nennt es Intuition. Aber nach so vielen Jahren … Er hatte schon früh den Gedanken, dass bei manchen Todesfällen etwas nicht mit rechten Dingen zuging. Nach Brinkmanns Tod verfestigte sich sein Verdacht, und er begann gezielt zu recherchieren. Es könnten noch zwei andere Opfer dazukommen – allein seit Saale im Krankenhaus ist und auf der Station Dienst hat. Es wird jedoch nicht mehr nachvollziehbar sein, ob es noch mehr Fälle gibt, weil alle Opfer, also vermeintliche Opfer, inklusive Brinkmann, verbrannt wurden. Das ist auch eine Gemeinsamkeit: Alle drei Verstorbenen äußerten den Wunsch, nach ihrem Tod verbrannt zu werden. Und es gab keine Angehörigen mehr. Was denkt ihr? Ist das jetzt ein Fall oder nicht?«

»Also, wenn man es richtig betrachtet, haben wir nichts außer dieser Aussage von einem jungen Pfleger, dass es verdächtige Todesfälle gegeben hat«, sagte Camilla.

Tom nickte. »Ich bin der Meinung, es gibt keinen Todesengel. Das ist dummes Geschwätz. Was dieser Saale damit bezwecken könnte, weiß ich allerdings nicht. Vielleicht wollte er dich einfach nur kennenlernen? Mal darüber nachgedacht, Chef? Du weißt immer noch nicht, warum er dir den Brief geschrieben hat und ob er nicht ganz andere Ziele verfolgt.«

»Er kam mir nicht wie ein Wichtigtuer vor«, erwiderte Staufenberg nachdenklich. »Er ist ein netter junger Mann. Aber natürlich müssen wir alle Möglichkeiten in Betracht ziehen. Da hast du recht.« Er schloss die Augen. Seine Lippen bewegten sich, doch es war kein Wort zu verstehen. »Wir treffen uns um vier Uhr noch einmal. Ich fühle ihm auf den Zahn. Wäre ja gelacht, wenn ich das nicht herauskriege.«

16

»Sie sind hübsch«, sagte der Mann, der mir gegenübersaß. Ein alter Mann, mit eingefallenen Wangen, kleinen trüben Augen, aber fester Stimme. »Sie erinnern mich an jemanden von früher. Wenn man so alt ist wie ich, dann denkt man oft an Vergangenes. Die Vergangenheit ist viel lebendiger als die Gegenwart. Da kommen Sie auch noch hin.« Er lachte mit offenem Mund und zeigte ein lückenhaftes Gebiss. »Aber bald ist es vorbei. Ich sterbe.«

Ich blieb stumm. Obwohl es mir mittlerweile entsetzlich auf die Nerven ging, dass ich nie wusste, was ich sagen sollte. Aber was erwiderte man auf so einen Satz?

»Sie müssen jetzt nichts sagen. Schon gar nicht, dass es Ihnen leidtut. Muss es nämlich nicht. Alles ist gut, wie es ist.«

Mein Kopf bewegte sich zweimal nach vorn, dann schaute ich ihn mir genauer an. Er sah zufrieden aus. So als habe er ein gutes Leben gehabt, sein Leben gelebt.

»Haben Sie Familie?«, fragte ich, weil ich die Stille nicht ertrug.

»Ja, und Kinder. Aber die leben nicht mehr hier, sie sind nach der Wende weg, ab in den Westen. Aufbau Ost, da wollten sie nicht dabei sein, sondern direkt die große weite Welt erobern.« Er machte eine kleine Pause, dann meinte er: »Die, der sie so ähnlich sehen, ist auch weg. Im Westen. Aber viel früher. Konnte ja auch keiner ahnen, dass die Mauer irgendwann fällt. Wir hätten nie gedacht, dass das der große Bruder aus dem Osten zulässt.«

Nein, nicht nicken, befahl ich mir. Stattdessen erwiderte ich: »Ich verstehe.«

»Wirklich? Sie sind nicht von hier. Niemand, der nicht hier gelebt hat, kann es verstehen. Meine Kinder glaubten, sie würden glücklicher werden. War natürlich Quatsch. Auf die Nase gefallen sind sie. Hat lange gedauert, bis sie sich aufgerappelt haben. Hamburg ist schön, aber ein teures Pflaster. Das letzte Mal habe ich sie zur Beerdigung meiner Frau gesehen. Und von meinem Motschegiebschen hab ich auch nie wieder was gehört.«

Auch jemand, der alleingelassen worden ist, dachte ich.

»Motschegiebschen, das hört sich nett an. Was bedeutet das?«

Der alte Mann lächelte verschmitzt. »Marienkäfer. Das hat sie gern gehört, meine Kleine. Es passte so zu ihr. Die Haare zu zwei Zöpfen geflochten, und ihre Großmutter hatte ihr eine rote Jacke gestrickt. Sie hat sich oft mit den Nachbarsjungen gezankt, da flogen auch schon mal Erde und Matsch und hinterließen Flecken auf dem roten Jäckchen. Dann sah sie wirklich aus wie ein Marienkäfer.«

Er sah glücklich aus, während er sich erinnerte. Weit geöffnete Augen, Grübchen im faltenreichen Gesicht, ein verschmitzter Zug um den Mund. Ich hörte ihm zu, sah in meiner Phantasie ein kleines Mädchen in einer roten Strickjacke über die Wiese laufen.

»Sie lebte ein Stockwerk unter uns, bei Oma und Opa. Ihre Eltern waren bei einem Autounfall tödlich verunglückt. Ein lebhaftes Kind, das wusste, wie es sich durchsetzen konnte. Die Großeltern waren völlig überfordert, sie waren ja schon alt. Aber sie ist oft bei uns gewesen, wir haben sie mitgenommen in unseren Schrebergarten. Da konnte sie toben.«

Das Lächeln verschwand plötzlich. »Als die Großeltern gestorben sind, musste sie ins Heim. Das hat wehgetan. Sie fehlte uns, ihre wilden Ideen, ihr Temperament. Obwohl es ihr im Heim gut ging. Das haben uns alle bestätigt. Sie hatte endlich ein Ventil für ihr Temperament gefunden: Sport. Genauer gesagt Laufen. Sie war eine Sprinthoffnung, und man hat ihr Talent gefördert. Endlich hat sich jemand um sie gekümmert. Sie war ja etwas verwahrlost.«

Wieder schien der alte Mann seinen Erinnerungen nachzuhängen. Er schaute zum Boden, doch das Lächeln war verschwunden. »Manchmal kam sie zu Besuch. Aber es war nicht mehr so wie früher. Ich durfte sie auch nicht mehr Motschegiebschen nennen. Das fand sie albern. Sie hatte sich verändert, war noch hübscher geworden, und die Jungs standen Schlange. Aber keiner von den Buben hat sie interessiert. Und dann kam einer, der hat ihr den Kopf verdreht. Ich wusste es sofort, obwohl sie nichts erzählt hat. Es gab Gerüchte. Böse Gerüchte, gemeine Sachen haben sie über mein Motschegiebschen gesagt. Sie soll schwanger gewesen sein. Aber ich gebe nichts auf diese Bosheiten. Na, und dann war sie plötzlich weg. In den Westen abgehauen, haben sie gesagt. Der

Typ hat sie sitzen gelassen. Das war das Letzte, was wir gehört haben.«

Sein Blick wirkte teilnahmslos. Der neckische Zug um den Mund war verschwunden. Sammelten sich da Tränen in seinen Augen? Bloß nicht, dachte ich. Vor Verlegenheit rutschte ich auf der Bank hin und her, betrachtete den Ranunkelbusch neben mir. Wie viele solcher Geschichten gab es wohl? Selbst meine Mutter hatte Ähnliches erlebt. Sie war im Heim aufgewachsen. Und Gerda hatte erzählt, dass sie, als sie schwanger wurde, in den Westen abhauen wollte, um ihrem Kind den Kommunismus zu ersparen.

Ich stand auf. »Ich wünsche Ihnen einen schönen Tag. Leider muss ich weiter.«

»Ich muss auch wieder zurück. Irgendwelche Untersuchungen stehen an.«

Ich gab ihm die Hand. »Ich bin morgen wieder hier. Werde jemanden besuchen. Vielleicht können wir uns dann wieder unterhalten? Wenn Sie Zeit haben.«

Er lachte. »Ich habe alle Zeit der Welt. Jetzt fällt mir auch ihr Name wieder ein. Christinchen hieß mein Marienkäferchen. Sie sehen ihr unglaublich ähnlich.«

Ich schluckte, wollte etwas erwidern, doch mein Mund stand offen, ohne ein Wort zu sagen. Christinchen? »Das ist komisch. Meine Mutter hieß auch Christine«, brachte ich schließlich heraus.

»Hieß?«, fragte er. »Ist sie tot?«

Ich nickte. »Sie war krank.« Mehr ging ihn nicht an.

Eine Schwester kam auf uns zu. Sie sah streng aus. »Herr Brandt, hier stecken Sie. Es wird Zeit für die Untersuchung.«

»Oha«, sagte er in meine Richtung. »Das ist die Oberschwester. Die versteht keinen Spaß. Auf Wiedersehen. Ich würde mich freuen, wenn Sie mich morgen wieder besuchen.«

Er hakte sich bei der Krankenschwester unter, und ich blieb verwirrt zurück. Die Gedanken kreisten in meinem Kopf hin und her. Ich war verstört, auf dem besten Weg irrezuwerden. Wie hoch war die Wahrscheinlichkeit, dass es sich bei den Erinnerungen des alten Mannes um meine Mutter handelte?

17

»Claas – ich darf Sie doch beim Vornamen nennen, oder? Wie sind Sie auf mich gekommen? Ich meine, die Idee mit dem anonymen Brief ist schon ungewöhnlich.«

Sie saßen in der hinteren Ecke des Cafés an einem kleinen runden Bistrotisch. Niemand war in Reichweite, und sie konnten ungestört reden. Der junge Mann spielte nervös mit einer Serviette, die auf dem Tisch lag.

»Wissen Sie, Ihren Namen habe ich oft von meinem Großvater gehört. Er ist schon alt, und er erzählt mir immer viel von früher. Das stört mich nicht, ich habe das total gern«, versicherte er. »Er schwelgt gern in Erinnerungen, und manchmal verwechselt er auch einiges oder hat einen verklärten Blick. Ich nehme das nicht ganz so ernst. Aber wenn er von seiner Zeit als inoffizieller Mitarbeiter der Kripo erzählt, dann höre ich besonders gut zu.«

»Ihr Opa war für die Volkspolizei tätig? Als IKM? Das ist spannend. Ich habe damals mit einigen zusammengearbeitet, als ich noch Oberleutnant war.«

Die Bedienung kam, und Claas Saale bestellte einen Milchkaffee, Staufenberg ein Mineralwasser. Sie schwiegen sich an, bis die Bedienung das Bestellte brachte.

»Wissen Sie, unter welchem Namen Ihr Großvater für uns gearbeitet hat?«

Claas nickte. »Das durfte er mir eigentlich gar nicht verraten. Vielleicht hat er mir auch nicht die Wahrheit gesagt. Das klingt schon nach einem billigen Agentenfilm. ›Moschus‹ soll sein Deckname als IKM gewesen sein. Er hat mir erzählt, dass er maßgeblich dazu beigetragen hat, den Einbruch im Grassimuseum aufzuklären. Das hat ihm Spaß gemacht. Ich glaube, er wäre gern richtiger Kommissar geworden. So wie Sie.«

Staufenberg lachte. »Das ist schon sehr lange her. Der Einbruch im Museum muss 1974 gewesen sein. Eine halbe Ewigkeit, und jetzt bin ich fast am Ende meiner Berufstätigkeit angelangt. Noch bis zum Ende des Monats.«

»Oh, können Sie denn bis dahin den Todesengel fassen?«

»Haben Sie Beweise für Ihre Behauptung?«

»Nein, aber es kann nicht anders sein. Die Menschen waren gesund, und kurz nach ihrer Operation sind sie gestorben. Außer mir kommt das allerdings keinem seltsam vor. Es gibt keine Beweise, weil die Opfer alle verbrannt wurden. Da kann im Nachhinein keine Leiche mehr exhumiert werden. Aber wenn sich mein Verdacht bestätigt, sind Sie der richtige Mann. Mein Opa irrt sich nicht. Er hat immer gesagt, Sie waren der Einzige, dem man vertrauen konnte. Sie sind keiner, der vertuscht.«

»Das erzählt er? Na, dem darf man nicht zu viel Bedeutung schenken. Im Alter kommt einem vieles anders vor, und das Gedächtnis will nicht mehr richtig. Ich weiß, wovon ich rede. Aber versprochen, ich kümmere mich um Ihren Verdacht. Und sobald Ihnen etwas merkwürdig vorkommt, informieren Sie mich. Hier ist meine Karte.« Staufenberg schrieb auf der Rückseite der Visitenkarte noch eine Telefonnummer auf. »Da steht auch meine Privatnummer. Ich bin jederzeit für Sie erreichbar.«

Claas Saale strahlte über das ganze Gesicht. »Mein Opa hat recht. Sie sind der Beste.«

18

Da stand sie. Das Symbol für Freiheit. Ich bewunderte das Portal der Nicolaikirche. »Offen für alle«, las ich auf einem Schild. Ich drückte gegen die Tür, ging hinein. Ein symbolträchtiger Ort, nicht nur für Leipziger.

Irgendwie passte er zu meiner momentanen Stimmung. Ich war überrascht. Das Innere der Nikolaikirche hatte nichts mit den Kirchen gemein, die ich kannte. Hier luden helle Farben zum Eintreten und Verweilen ein. Die weißen Kirchenbänke fielen mir sofort auf. Auch die Holzverkleidung war weiß gestrichen. Die Säulen, die den Weg bis zum Altar säumten, strahlten in Pastellrosa, endeten in hellgrünen Blättern und wirkten fast wie hohe Palmen. Auch wenn ich keiner Religion angehörte, kannte ich Kirchen. Meine Klassenkameraden und die wenigen Freunde, die ich in Neuss gefunden hatte, waren alle katholisch. Das Quirinus-Münster, das Wahrzeichen von Neuss, war ein prachtvoller Bau aus dunklem Stein und bleiverglasten bunten Fenstern. Man flüsterte automatisch, sobald man eintrat. Hier, in Leipzig, redete man in normaler Lautstärke miteinander.

In einem angrenzenden Raum wurden Bücher verkauft. Wie in jeder anderen Kirche lagen Kerzen zum Anzünden bereit. Jedoch nicht vor einem Marienbild oder einem Heiligen, sondern mitten im Gang. Alles wirkte so normal und unkompliziert, als würde man in die Stube eines guten Freundes treten. Ich fühlte mich augenblicklich wohl.

Ich tat etwas, was ich noch nie in meinem Leben gemacht hatte. Ich wühlte in meiner Handtasche nach meinem Portemonnaie und entnahm ihm zwei Münzen. Mich überkam das Gefühl, zwei Kerzen anzünden zu müssen. Eine für meine Mutter, die andere für meinen mir unbekannten Vater. Während ich in die Flamme blickte, dachte ich an die Montagsdemonstranten. Hätte mein Vater auch hier gestanden, wenn er noch gelebt hätte?

Ich riss mich von den Lichtern los und ging weiter. In dieser Kirche durfte man sogar den Altarraum betreten. Schüchtern ging ich die Stufen hoch. Ich schaute mich um, bewunderte den Gottestisch. Im Umdrehen entdeckte ich ein Gemälde und erstarrte. Im Übergang zwischen Altar und Chorraum hing ein Bild, das mich augenblicklich berührte. »Freundinnen« stand als Titel darunter. Die Farben gefielen mir sofort. Das Bild strahlte Lebendigkeit aus – und das in einem Gebäude, in dem meist um Tote geweint wurde. Eine Leuchtkraft ging von ihm aus, die ich bisher noch bei keinem Gemälde gesehen hatte. Vielleicht hing es mit dem ungewöhnlichen Ort zusammen. Zum zweiten Mal an diesem Tag geschah etwas, was mir noch nie passiert war: Meine Augen füllten sich mit Tränen.

Es waren die Blicke der beiden. Trotzig und dennoch ängstlich. Angst vor einer ungewissen Zukunft? Nach der Wende? Kathrin Hattenhauer, die Künstlerin, erklärte mit diesem Werk ihre eigene Stimmung im Frühjahr 1989, entnahm ich einer der Broschüren, die in einem kleinen Seitenfenster in der Nähe auslagen. Auch wenn ich die Malerin nicht kannte, gelang ihr mit diesem Werk, meine momentanen Gefühle auszudrücken. Endlich verstand ich die Redewendung ›Ein Bild sagt mehr als tausend Worte‹. Ich las den Text in der Broschüre: »Zwei Frauen, Rücken an Rücken, aneinandergedrückt. Sie geben sich gegenseitig Schutz, die Augen weit aufgerissen. Melancholisch und mutig schauen sie aus dem Gemälde in eine ungewisse Zukunft.«

Mir fehlte die Freundin. Der Text, das Bild passten wie die Faust aufs Auge. Ich hatte Mut bewiesen, sonst wäre ich nicht in diese unbekannte Stadt gereist. Und ja: Ich schaute mutig in die Zukunft.

Ich las weiter. Den letzten Satz mehrmals: »Ohne Angst, ohne Überwindung sind Selbstbestimmung und Freiheit nicht zu haben.«

Warum hatte das meine Mutter nicht gelesen? Selbstbestimmung und Freiheit. Zwei Dinge, die sich jeder wünschte. Oder doch nicht?

Neben mir hustete jemand leise. Ich drehte mich um und blickte einer jungen Frau ins Gesicht. Ernst betrachtete sie mich. »Berührend, oder?«

Ich nickte, sah ihre geröteten Augen und wusste, wir teilten die gleichen Gefühle.

»Selbstbestimmung und Freiheit. Zwei großartige Werte. Es gibt Menschen, deren Angst ist so groß, dass sie sie nicht überwinden können. Ihnen fehlt der Mut, Dinge voranzutreiben und die ungewisse Zukunft anzunehmen. Obwohl es ihr größter Wunsch ist. Sie sind nicht im System gefangen, sondern in sich. Verstehen Sie das?«

Ich nickte. »Ja.«

Sie sprach weiter: »Meine Freundin hat sich umgebracht. Sie kam mit sich und dem Leben nicht klar. Ich überlege die ganze Zeit, ob es meine Schuld ist, ob ich es hätte verhindern können.«

Sie schaute weiter auf das Bild, als spräche sie zu ihm statt zu mir. Sicherheitshalber drehte ich mich um, ob nicht doch ein anderer neben ihr stand. Aber wir waren allein.

»Ich dachte, ich kenne sie. Wir haben uns gut verstanden. Aber irgendwann hat sich etwas verändert. Und das habe ich nicht bemerkt.«

Ich trat von einem Bein auf das andere. Auf fremde Menschen zuzugehen, fühlte sich ungewohnt an. Und nun begegnete ich am heutigen Tag schon der zweiten Person, die mir ungefragt ihre Geschichte erzählte. Was war hier los? Mit der Stadt? Den Menschen? Mit mir? Normalerweise wurde ich nie angesprochen. Und nun das. Vielleicht bedeutete Leipzig auch für mich eine Veränderung? Ein Neuanfang?

Gern hätte ich der jungen Frau gesagt, dass ich mich mit Menschen, die sich umbringen wollen, gut auskenne. Dass sie es tun, wenn sie es wollen, und man danebensteht und nichts tun kann. Ich hätte ihr gern von meiner Mutter erzählt. Doch ich blieb stumm neben ihr stehen und blickte auf das Bild.

»Sind Sie von hier?«, fragte die Frau plötzlich.

Ich schüttelte den Kopf.

Unerwartet hielt mir die Fremde ihre rechte Hand entgegen. »Ich bin Tanja Gerber. Haben Sie Lust, mit mir einen Kaffee zu trinken? Ich hab gerade Zeit. Und da Sie hier fremd sind …« Sie sprach schneller, als wäre ihr das plötzliche Angebot peinlich. »Es ist eigentlich nicht meine Art, wildfremde Menschen anzusprechen. Aber heute ist sowieso ein seltsamer Tag. Was meinen Sie? Kennen Sie schon die Leipziger Kaffeekultur? Hier ums Eck ist das ›Riquet‹. Das müssen Sie gesehen haben. Wie wär's?«

Ich kämpfte mit mir. Hin und her gerissen zwischen Fremdeln und Abenteuerlust, schaute ich sie mir genauer an. Traurige blaue Augen, die Vertrauen ausstrahlten, ein sympathisches Lächeln.

»Gern. Mein Name ist Jessica Laumann, aus Neuss bei Düsseldorf. Ich bin das erste Mal in Leipzig, und ich kenn so wenig hier. ›Riquet‹? Ist das etwas Besonderes?«

»Ach du meine Güte! Natürlich ist es etwas Besonderes. Der Name sagt Ihnen nichts? Dann wird es aber Zeit.«

Sie hakte sich bei mir unter und zog mich aus der Kirche. Ich warf einen Blick auf meine Kerzen, dachte an Mutter und den Mann, der mir etwas Wichtiges über meinen Vater erzählen wollte. Ich war froh, dass ich einen Aufschub bekam. Kaffee konnte ich immer und überall trinken.

Es war wirklich nicht weit. »Da vorn«, sagte die Frau an meiner Seite und zeigte mit dem Finger auf ein Eckgebäude. Irgendwie hatte ich etwas anderes erwartet. Die Fassade im Wiener Kaffeehausstil gefiel mir. Holz und Jugendstilelemente strahlten Gemütlichkeit aus, die ausgefahrenen Markisen luden zum Eintreten ein. Aber der orientalisch anmutende Turmaufbau und die Elefantenköpfe, die rechts und links angebracht waren, irritierten mich.

Im Inneren sah das ›Riquet‹ wirklich wie ein typisches Kaffeehaus aus. Gerade wurde ein Tisch am Fenster frei, an den wir uns setzten. Ich sah mich um und fand die an der Theke unter Glas aufbewahrten Kuchen so appetitlich, dass ich, obwohl ich keinen Hunger verspürte, ein Stück Beerentorte zu meinem Kaffee bestellte.

»Jetzt gibt es erst etwas Geschichtliches«, scherzte Tanja, als Kuchen und Kaffee vor uns standen. »Aber sag, sollen wir uns nicht duzen? Wir sind doch ungefähr gleich alt.« Sie wartete keine Erwiderung ab, sondern legte sofort los. »Ursprünglich, wie du dir sicher anhand des Namens denken kannst, stammte die Familie Riquet aus Frankreich. Sie handelten mit Kaffee, Tee und Gewürzen aus dem asiatischen Raum. Ich glaube, ab 1890 produzierten sie hier in Leipzig ihre Kakaoprodukte. Sogar Goethe erklärte Riquet-Schokolade zu seiner liebsten Marke. 1908/1909 entstand dieses Haus nach den Entwürfen des Architekten Paul Lange. Ein ungewöhnlicher Bau, auch damals gehörte es zu den modernsten Gebäuden Leipzigs. Es stellt die Geschäfte des Unternehmens nach außen dar. Na ja, im Krieg ist der Turmaufbau zerstört worden, 1946 kam die Enteignung, dann die Umwandlung in einen staatlichen Betrieb. Erst 1994 wurde alles restauriert, und zwei Jahre später wurde dieses Kaffeehaus eröffnet.« Tanja blickte in ihren Kaffee. »Ende der Geschichtsstunde.«

»Du machst dich gut als Fremdenführerin.« Ich lächelte sie an. Dann musste ich an das denken, was sie mir vorhin in der Kirche erzählt hatte, und sagte ernst: »Das mit deiner Freundin tut mir leid.«

»Ja, mir auch. Es tut weh, weil ich mich immer frage, was ich übersehen habe. Etwas muss ich nicht richtig verstanden haben, etwas tief in ihr drin. Obwohl wir, wie ich dachte, beste Freundinnen gewesen sind. Aber mittlerweile glaube ich, dass sie gar nichts dafür konnte.«

»Wie meinst du das?«, fragte ich.

»Elke war ein besonderer Mensch. Jemand, der sich nichts mehr als Zuneigung und Anerkennung von ihrer Mutter wünschte. Die aber ist ein ganz anderer Typ als sie. Das Verhältnis zwischen den beiden war nie innig, und als feststand, dass Elke niemals Tänzerin werden würde, hat die Mutter das erste Mal das Interesse an ihr verloren. Das war dieses Klischee von ›Tochter muss Mutterträume ausleben‹. Elke hat dann das Schwimmen für sich entdeckt. Das war ihr Ding. Sie war richtig gut. Hat einen Wettbewerb nach dem anderen gewonnen. Man ist auf sie aufmerksam geworden. Sportinternat, weg von der Mutter. Elke ist richtig aufgeblüht. Noch bessere Zeiten, noch mehr Siege.«

Obwohl ich Elke nicht kennengelernt hatte, fühlte ich mich ihr in diesem Moment sehr nah. Das Gefühl, von der eigenen Mutter nicht geliebt zu werden, war mir besser bekannt, als mir lieb war.

»Elke scheint Glück gehabt zu haben.«

Tanja blickte auf die Straße. »Der Schein trügt.«

Ich wartete ab, weil ich nicht wusste, was ich erwidern sollte.

»Damals kannte ich Elke gar nicht, ich habe sie erst viel später getroffen«, setzte Tanja ihre Erzählung fort. »Da war nicht mehr viel übrig von der erfolgreichen Sportlerin. Ehrlich gesagt dachte ich, dass sie sich das aus den Fingern saugt, um sich interessant zu machen. Als ob sie das nötig gehabt hätte.«

Scheinbar schon, fiel mir dazu ein, ich behielt aber meine Gedanken für mich.

»Dann zeigte sie mir die Auszeichnungen, die Medaillen und Urkunden. Ich war beeindruckt.«

»Was war passiert?«

»Überanstrengung. Elkes Körper hat nicht mehr mitgemacht. Irgendein angeborener Herzfehler, wie man den offiziellen Erklärungen entnehmen kann. Beim entscheidenden Wettkampf ist sie zusammengeklappt, und andere haben sie anschließend ersetzt.« Sie holte tief Luft. »Das Schlimmste aber war, dass alle sie fallen gelassen haben. Keiner ist geblieben, um sie aufzubauen. Dann hat sie gegessen.«

»Wie meinst du das?«

»Elke hat alles in sich hineingestopft, was sie fand. Sie hat innerhalb kürzester Zeit knapp fünfundvierzig Kilo zugenommen. Niemand hat sich darum geschert. Der Trainer, zu dem sie vorher ein fast väterliches Verhältnis hatte, wollte nichts mehr mit ihr zu tun haben. Als ich sie kennenlernte, war sie unglaublich dick. Mindestens hundertvierzig Kilo wog sie. Aber sie war so charmant, hatte so viel Witz. Wir haben uns im Kino kennengelernt, saßen nebeneinander und haben beide geheult. Eigentlich ein ganz alberner Frauenfilm über eine kaufsüchtige junge Frau, die ihre große Liebe findet. Hollywoodkitsch, aber schön.«

Ich schüttelte den Kopf. Kino war mir verhasst, und mit romantischen Frauenfilmen konnte ich noch nie etwas anfangen. Dennoch rührte mich die Vorstellung, dass Tanja und Elke sich dort kennengelernt hatten. Weinend, über eine schwesterlich geteilte Popcorntüte gebeugt.

»Wir sind dann etwas trinken gegangen und fanden uns sympathisch. Unsere Freundschaft wuchs. Wir hatten zuletzt sogar geplant, uns eine gemeinsame Wohnung zu suchen. Und da muss sie mich falsch verstanden haben. Sie dachte, also …« Tanja brach ab. »Ich weiß nicht, warum sie glaubte, dass wir ein Paar werden könnten. Wir haben uns immer über die große Liebe unterhalten. Ich bin davon ausgegangen, dass sie auf Männer steht. Aber im

Nachhinein bekommen viele ihrer Bemerkungen einen neuen Sinn. Es waren ganz subtile Annäherungen, lieb gemeint, vorsichtig, damit ich sie nicht verletzen kann. Ich habe nichts verstanden.«

»Ach du Schande«, entfuhr es mir. »Was für ein Dilemma. Eine schwierige Situation, vor allem wenn man die Freundin abweist.« Dann kam mir noch ein ganz anderer Gedanke in den Sinn. »Was ist denn mit ihren anderen Freundinnen? Es muss doch möglich sein, die Namen der Mädchen herauszufinden, mit denen sie trainiert hat. Und den Trainer. Hast du mal die Mutter gefragt?«

Tanja sah mich an, als sei ihr dieser Gedanke wirklich noch nie gekommen. »Hast du morgen schon was vor?«, fragte sie mich.

»Jetzt schon«, antwortete ich lachend.

19

Ich schlenderte durch die Leipziger Straßen zurück zum Hotel. Das Schicksal von Tanjas Freundin berührte mich. Vieles konnte ich nachempfinden, allerdings neigte ich nicht zu emotionalen Kurzschlussreaktionen. Die Dinge sind, wie sie sind. Ich versuchte mir vorzustellen, wie es wäre, aus großer Höhe in den Tod zu springen. Begannen die Knie zu zittern, wenn man in die Tiefe blickte? Oder sah man in die Ferne, genoss die Weite und das Gefühl von Freiheit? Losgelöst von allen Zwängen? Bis zum Aufprall? Spürte man den Boden, den Schmerz? Was kam dann? Mein Drang, alles zu hinterfragen, brachte mich manchmal zu seltsamen Überlegungen. Ich schob die Gedanken zur Seite und blickte auf die Uhr.

Viel Zeit blieb mir nicht, bis mich Rosalia Sauer abholen käme. Ich duschte und stand dann vor dem Kleiderschrank. Normalerweise trug ich Jeans und T-Shirt. Wenn es kälter wurde, zog ich einen Strickpullover darüber. Uni, ohne Muster. Muster verwirrten mich. Blusen besaß ich, von einer weißen Ausnahme abgesehen, keine. In Röcken und Kleidern fühlte ich mich unwohl. Mein Schuhschrank beherbergte vier Paar Sneaker. In Leder je ein helles und ein dunkles Paar, wobei das dunklere mit Kunstpelz gefüttert war. Die gleiche Konstellation besaß ich aus Stoff.

Die Auswahl für diesen Abend war nicht groß, und zum ersten Mal überkam mich das Gefühl, dass ich an meinem Stil etwas ändern sollte. Ich entschied mich für ein dunkelblaues T-Shirt, da die Farbe gut mit meinen Augen harmonierte, band die Haare zu einem Zopf zusammen und tuschte mir die Wimpern. Mein Spiegelbild gefiel mir, und ich fühlte mich gewappnet für den Abend mit einer mir völlig Unbekannten.

Ich hatte keine genaue Vorstellung davon gehabt, was das für Menschen waren, die meinen Vater gekannt hatten. Aber die vornehm wirkende Dame, die am Eingang meines Hotels stand, hatte ich nicht erwartet.

»Sie müssen Jessica sein. Guten Abend.«

Auf ihren hohen Pumps schritt sie grazil auf mich zu. Sie trug ein dunkelblaues Blusenkleid, dazu eine mehrreihige Perlenkette. Darüber trug sie einen eleganten Wildlederblazer. Am Mittelfinger der linken Hand blitzte ein großer heller Stein. Ich ertappte mich bei der Frage, ob er echt war. Wenn ja, schleppte Rosalia Sauer ein Vermögen mit sich herum. Die Uhr, auch eine Nobelmarke, glänzte. Die schulterlangen dunkelbraunen Haare wurden von einer übergroßen Sonnenbrille, die auf dem Kopf thronte, in Form gehalten.

Wie albern, dachte ich. Es war Abend, fast dunkel. Rosalia Sauer sah wie eine der Frauen aus, die ich in Zeitschriften bewunderte oder verabscheute – je nachdem, wie meine Stimmung war. Ich reichte ihr die Hand, unfähig, etwas zu sagen.

»Ich freu mich sehr. Das Auto steht da vorn. Mein Sohn Enrico wartet auf uns.«

Das Auto, auf das sie zeigte, war ein dunkelblauer Mercedes. Ich kannte mich mit Autos nicht aus, doch der Stern war nicht zu übersehen. Ich folgte ihr zum Wagen, nahm auf der Rückbank Platz und begrüßte den jungen Mann, der mich keines Blickes würdigte.

»Das ist Enrico. Und das ist Jessica«, stellte uns Rosalia Sauer vor.

Während der Fahrt schaute ich aus dem Fenster, nahm aber nichts von der Umgebung wahr. Alles kam mir unwirklich vor, als steckte ich in einem fremden Körper fest. Ich hing meinen Gedanken nach und überlegte gerade, wie ich vorgehen sollte, als der Wagen anhielt.

»Wir sind da.«

Ich stieg aus. Wir standen vor einer alten Villa, die in zartem Rosa gestrichen war. Alles wirkte gepflegt und wohlhabend und wollte so gar nicht zu diesem Mann im Krankenbett passen, den ich am Nachmittag gesehen hatte. Automatisch zog ich Vergleiche zu meinem Zuhause. Zu der Drei-Zimmer-Wohnung im Mehrfamilienhaus an der Kantstraße, dem alten Golf von Gerda und meinem klapprigen Fahrrad. Ein bisher unbekanntes Gefühl überkam mich. Fühlte sich so Neid an?

»Zwei Straßen weiter hat mein Mann sein Institut. Wenn es Sie interessiert, zeige ich es Ihnen gern.«

»Institut?«, fragte ich, weil ich vermutete, dass man diese Frage von mir erwartete.

»Ja, er hat sich auf psychische Störungen spezialisiert. Süchte, Burn-out, aber auch Prävention. Er gibt Seminare, wie man sein eigenes Bewusstsein stärken kann, um mit den Anforderungen im Beruf klarzukommen. Seine Patienten sind vor allem Manager, Banker. Und damit auch die Gattinnen nicht zu kurz kommen, ist vor ein paar Monaten ein Schönheitschirurg mit einer eigenen Praxis ins Institut eingestiegen. Aber nicht nur die Damen begeben sich unters Messer, auch die Männer. Der Erfolgsdruck ist ja heutzutage immens, und schöne Menschen haben es einfach leichter. Das ist ja bekannt.«

Sie lachte und schloss die Haustür auf. Ich schaute sie mir genauer an. Pralle Lippen, und die Stirn glatt wie ein Babypopo.

»Herzlich willkommen!« Sie hielt mir die Tür auf, und ich trat ein. Pompös, fiel mir spontan ein. Wieder dachte ich an unsere Wohnung in Neuss. An die alte durchgesessene Couch und den Backofen, der nicht mehr richtig aufheizte. Bilder meiner Mutter kamen mir in den Sinn, wie sie nach einem langen Arbeitstag als Kassiererin erschöpft vor dem alten Fernseher einschlief. Das hier war eine völlig andere Welt.

Das Innere des Hauses war geschmackvoll eingerichtet. Alles wirkte wie einem Möbelprospekt entsprungen. Hohe Decken, Stuck, feiner Putz an den Wänden. Fenster bis zum mit edlem Parkett belegten Boden. Viel Glas, noch mehr Edelstahl. Designerlampen. In der riesigen Küche hantierte eine robust aussehende Frau, die mich neugierig anschaute, als ich den Raum betrat.

»Das ist unser Gast, Elvira. Hat alles so weit geklappt?«

»Ja, Frau Sauer. In einer Viertelstunde serviere ich die Suppe.«

»Ein Aperitif, Jessica? Ich darf Sie doch Jessica nennen, oder?«

Ich nickte. Es kam mir vor, als könnte ich seit Tagen nur noch meinen Kopf bewegen. Ein Kopfnicken, wenn ich jemandem beipflichtete, ein Schütteln, wenn sich Widerspruch in mir regte. Was war bloß los mit mir? War das der Schock? Meine Art, mit Unvorhergesehenem umzugehen? Oder war ich kraftlos, wurde meiner Mutter immer ähnlicher, ließ mich treiben, reagierte, funktionierte, statt Dinge aktiv und selbstbestimmt anzugehen?

Wieder wollte ich meinen Gedankengang mit Kopfschütteln kommentieren, stoppte die Bewegung jedoch rechtzeitig ab, bevor ich sie ausführen konnte. In diesem Augenblick machte ich mir zum ersten Mal ernsthaft Gedanken über meinen Geisteszustand.

Rosalia Sauer ging zu dem gegenüberliegenden Schrank und öffnete ein Fach, indem sie die Tür nach vorn zog. Eine Bar kam zum Vorschein. So etwas hatte ich noch nie in einem Möbelgeschäft gesehen, zumindest nicht in denen, die ich aufsuchte. Vermutlich war das eine Sonderanfertigung. Geölte Eiche mit eingelassenen Halogenleuchten.

Sie schüttete eine bernsteinfarbene Flüssigkeit in ein Kristallglas, ließ es ein paarmal kreisen und roch dann daran. Es schien, als würde bereits der Duft entspannend auf sie wirken.

»Kommen Sie, wir setzen uns schon mal an den Tisch. Elvira macht das alles. Ich habe sie gebeten, etwas Typisches der Leipziger Küche zu kochen. Sie kocht phantastisch.«

»Sie haben eine eigene Köchin?«

»Ja, Elvira ist Köchin und kümmert sich auch sonst um alles im Haus. Ich hab so viel mit dem Institut zu tun. Was machen Sie denn beruflich?« Doch ohne eine Antwort abzuwarten, sprach sie bereits weiter. »Die Schwester rief mich vorhin an und sagte, dass Sie doch schon im Krankenhaus waren und Ewald sich aufgeregt hat. Aber jetzt geht es ihm wieder gut, sie haben ihn sogar von der Intensivstation verlegt.«

Ich wartete auf einen anklagenden Blick, einen vorwurfsvollen Tonfall, aber in Rosalia Sauers Benehmen fand sich nichts davon. Sie erwartete auch keine Erwiderung, was ich sehr angenehm fand, denn ich hätte nicht gewusst, was ich sagen sollte. Außer, dass es mir leidtat.

»Ah, da kommt Elvira. Haben Sie den Jungs Bescheid gegeben?«

Im selben Moment betraten Enrico und, wie ich annahm, sein Bruder, den Raum. »Franco«, stellte er sich vor und reichte mir seine Hand. Er warf mir einen freundlichen Blick zu. Der junge Mann verbreitete einen Duft nach Orangen und Zitronen, einen heimeligen, angenehmen Geruch, der mich für ihn einnahm.

»Franco, du hast wieder mit dem Eau de Toilette übertrieben«, tadelte ihn Rosalia Sauer.

Er grinste und nahm neben mir am Tisch Platz.

Der lange massive Eichenholztisch war mit weißen Tischsets gedeckt. Es sah edel und teuer aus, und ich ermahnte mich in Gedanken, darauf aufzupassen, nicht zu kleckern. Elvira servierte eine phantastisch duftende Suppe. Erst jetzt merkte ich, wie hungrig ich war.

»Jetzt wird gegessen«, sagte die Köchin, nachdem sie die Suppenterrine auf den Tisch und die Suppe mit einer silbernen Schöpfkelle verteilt hatte. »Kartoffelsuppe. Guten Appetit, greift zu, kalt schmeckt sie nicht.«

Elvira gefiel mir. Herzlich, geradeheraus, ohne viel Schnörkel. An ihr wirkte nichts aufgesetzt, während ich bei Rosalia Sauer das Gefühl nicht loswurde, dass ihre Freundlichkeit nur gespielt war. Sie verkörperte für mich eine Welt, in der ich nicht wusste, wie ich mich bewegen sollte. Vor mir standen Wasser-, Weißwein- und Rotweinglas. Stoffservietten. Silberbesteck. Kerzenleuchter. Sie würden Zeugen meines Versagens werden.

»Noch einmal ganz offiziell: herzlich willkommen, Jessica. Schön, dass Sie hier sind. Es ist sicher alles sehr verwirrend für Sie, oder? Aber jetzt genießen wir erst einmal. Wir werden noch Zeit zum Plaudern finden. Guten Appetit allerseits.«

Ich nickte und wartete einen Moment, bevor ich nachahmte, wie die anderen mit ihren Servietten umgingen. Als ich sie ordentlich auf meinen Schoß ausgebreitet hatte, legte ich die linke Handfläche neben den Suppenteller. Ich gab es ungern zu, doch die Familie Sauer schüchterte mich ein. Immer wieder sah ich von meinem Teller auf und überprüfte, ob die anderen sich noch genauso verhielten wie wenige Momente zuvor, damit ich bloß keinen Fauxpas beging.

»Sie sind bei meinem Vater gewesen?«, fragte Franco unvermittelt.

Ich nickte. »Ja, aber er war sehr benebelt von den Tabletten. Morgen kann ich ihn besuchen. Die Schwester klang zuversichtlich.«

Rosalia Sauer berührte mit der Serviette kurz den Mund, trank einen winzigen Schluck von dem Weißwein und bemerkte: »Das wollte ich ja noch erzählen. Dein Vater, Franco, liegt auf Zimmer 112. Für den Fall, dass du ihn auch besuchen möchtest.« Wieder erklang ihr unnatürliches Lachen. »Morgen stehen noch eine paar Untersuchungen an, aber alle sind bester Dinge, dass er spätestens übermorgen entlassen werden kann. Auf eigenes Risiko zwar, aber ich bin der Meinung, er kann sich besser in seinem eigenen Haus erholen.« Sie nahm noch einen Schluck Wein. »Wie schmeckt es?«

»Gut«, beeilte ich mich zu sagen. Meine Gedanken wanderten zu Mutter. Mir hatte sich nie die Frage gestellt, in welches Zimmer sie gelegt wurde. Dort, wo Platz war, mit drei anderen zusammen.

»Hat er ein Einzelzimmer?«, fragte ich. Es klang, als würde ich von einer Hotelbuchung sprechen und nicht von einem Krankenhaus.

Rosalia Sauer schaute mich verständnislos an. »Natürlich. Ewald ist es nicht gewohnt, mit anderen einen Raum zu teilen. Außerdem gefährdet es natürlich den Genesungsprozess, wenn man an diese ganzen Erreger und Bakterien denkt. Um Himmels willen, wie soll man dann dort seine Ruhe finden und gesund werden?«

Mutter war im Krankenhaus gestorben – aber auch ein privates Zimmer mit ihrer Glückszahl an der Tür hätte daran nichts ändern können.

Rosalia Sauer wechselte das Thema. »Elvira hat Typisches aus dieser Region gekocht. Und ich habe einen Müller-Thurgau ausgesucht. Das ist unser Lieblingswein. Wussten Sie, dass Sachsen bereits im 12. Jahrhundert ein Weinanbaugebiet war? Wir haben gute Reben, gute Weine.«

Ich hörte kaum zu, mir lag etwas ganz anderes auf dem Herzen. »Kannten Sie meinen Vater auch?«

Frau Sauer legte das Besteck zur Seite und schaute mich aufmerksam an. Ich sah förmlich, wie sie sich die Formulierung zurechtlegte.

»Nein, nicht wirklich. Ewald hat mir nichts von ihm erzählt. Ich weiß nur, dass es meinem Mann sehr wichtig ist, Sie zu sprechen.«

Elvira kam herein, räumte die Teller ab, ohne jemanden anzuschauen. »Es hat gut geschmeckt«, sagte ich in ihre Richtung und lächelte sie an.

»Danke, das Hauptgericht kommt jetzt, natürlich Leipziger Allerlei. Nach Originalrezept.«

Als sie weg war, nahm ich den Faden wieder auf. »Was hat er denn gesagt? Woher wussten Sie, dass wir in Neuss leben? Und wie haben Sie mich gefunden?«

»Es tut mir sehr leid, Jessica. Aber ich habe keine Antworten für Sie. Ich hoffe, Sie werden morgen von Ewald alles erfahren. Als dieser Infarkt kam, hatte er wirklich Angst, dass es zu Ende geht. Er sagte immer: ›Das muss sie wissen!‹ Und als ich nachgefragt habe, denn er hat sich nicht beruhigen können, sagte er mir, dass ich unbedingt eine Jessica Laumann aus Neuss informieren solle. Laumanns gibt es nicht so viele in Neuss.«

Ein gequältes Lächeln erschien auf ihrem Gesicht. »Mein Mann ist es nicht gewohnt, dass man ihm widerspricht oder einen Wunsch abschlägt. Ich freue mich, dass Sie hier sind und ich Sie kennenlernen darf.« Ihr Lächeln wurde breiter, aber nicht ehrlicher. Sie zuckte mit den Schultern. »Mehr kann ich nicht sagen. Aber was wissen Sie denn von Ihrem Vater?«

Ich blickte beschämt auf die Tischdecke. »Nicht viel. Außer dass er im Gefängnis gestorben ist. An einer Lungenentzündung.«

Es wurde sehr still am Tisch. Ich spürte, ich sollte mehr dazu sagen, mich erklären, doch ich blieb stumm. Ich wollte nicht.

In die Stille hinein klingelte das Telefon. Alle zuckten zusammen, selbst ich. In den letzten Tagen hatte jeder Telefonanruf eine gravierende Änderung meines Lebens nach sich gezogen. Das Krankenhaus, das sich gemeldet hatte, um mir zu sagen, dass Mutter gestorben war. Rosalia Sauer, die mich nach Leipzig gebeten hatte.

»Elvira wird abnehmen«, sagte Enrico.

»Und wenn es das Krankenhaus ist?« Rosalia Sauer sprang auf.

Im selben Moment verstummte das Klingeln. Wir lauschten, bis Elvira laut brüllte: »Rufen Sie nie wieder an, sonst informieren wir die Polizei!«

»Der schon wieder.« Enrico grinste und sagte dann an mich gewandt: »Seit ein paar Wochen belästigt uns jemand am Telefon.«

»Aha. Was will er denn?«, fragte ich.

»Nichts, aber wir sollten trotzdem die Polizei einschalten. Das muss bald mal aufhören.«

Erneut kehrte Stille am Tisch ein. Jeder schien zu überlegen, worüber man als Nächstes unverbindlich sprechen könnte. Die Gesprächsthemen drohten sich in Luft aufzulösen. Doch Enrico rettete die Situation und schaute mich erneut eindringlich an.

»Was machen Sie? Beruflich und in Ihrer Freizeit? Welchen Sport treiben Sie?«

Er ratterte die Worte herunter. Elviras Eintreffen bewahrte mich vor einer Antwort. Sie stellte die Teller vor uns hin, ohne jemanden ins Gesicht zu blicken, und verschwand wieder.

Aber Enrico hatte mich nicht vergessen. Er wiederholte seine Fragen. »Sport? Schwimmen? Laufen?«

Ich lächelte. »Nein, ich habe einen Bürojob. Zahlen sind mein Metier. Ich arbeite als Programmiererin. Manchmal gehe ich am Rhein spazieren, aber langsam. Laufen ist nichts für mich, und schwimmen hab ich nie gelernt.«

Enrico hielt meinem Blick stand. Ich sah trotzig zurück und wollte nicht glauben, was ich in seinen Augen las: Er hielt mich für blöd. Zurückgeblieben. Ganz eindeutig.

»Sie können nicht schwimmen? Das kann doch jedes Kind.«

Ich fühlte mich schuldig und wusste nicht, warum. Meine Mutter war nie mit mir schwimmen gewesen. Aber das war ja keine Todsünde.

»In unserer Familie wird Sport sehr großgeschrieben. Nur in einem gesunden und schönen Körper mag ein gesunder Geist wohnen. Das ist das Motto unseres Instituts«, erklärte Frau Sauer.

Unwillkürlich dachte ich an die vielen Momente, wenn ich mich nackt vor den Spiegel stellte, die schlaffe Haut an den Innenseiten meiner Oberschenkel beäugte und entschied, endlich Sport zu treiben. Dieser Gedanke verschwand, wenn ich die Badezimmertür hinter mir schloss, und kehrte erst zurück, wenn ich nach einem Aufstieg in den vierten Stock fast auf meine Zunge trat und minutenlang kein Wort herausbrachte. Meine guten Vorsätze erneuerte ich pünktlich und regelmäßig an jedem Neujahrsmorgen. An der Umsetzung scheiterte ich das ganze Jahr über.

Ich schaute mir die beiden Brüder genauer an. Enrico wirkte neben seinem Bruder zwar schlaksig, aber dennoch sportlich. Francos Körper war muskulöser, das T-Shirt verbarg nur unzureichend seine kräftige Armmuskulatur.

Er lächelte mich an. »Unser Vater ist ein großer Förderer des Jugendsports. In seinem Institut arbeitet sogar ein ehemaliger Trainer, der auch einige Talente für Olympia fit gemacht hat. Jetzt kümmert er sich darum, dass die Bekloppten genug an die Luft gehen.«

»Franco, ich bitte dich! In Vaters Institut gibt es keine Verrückten. Erzähl nicht so einen Unsinn!« Rosalia Sauer wandte sich an mich. »Das hatte ich ja schon erklärt, oder? Im Institut dreht sich alles um Burn-out und andere psychische Belastungen, deren Heilung und Bekämpfung. Bewegung gehört selbstverständlich zu einem gesunden Körper dazu. Denn nur in einem gesunden Körper steckt auch eine gesunde Seele.«

»Mama, du wiederholst dich. Du bist hier nicht auf einer deiner Werbeveranstaltungen!«

»Dennoch möchte ich nicht, dass Jessica ein falsches Bild von unserem Institut bekommt. Es ist eine wunderbare Einrichtung, und wir konnten schon vielen Menschen helfen.«

Ich fühlte mich als Zuschauer eines Theaterstücks, aber ich verstand die Inszenierung nicht. Ich begann zu essen, um nicht reden zu müssen.

»Wie schmeckt der Wein?« Rosalia Sauer versuchte immer wieder ein Tischgespräch in Gang zu setzen. Bis jetzt hatte ich noch gar nicht probiert und nahm ihre Frage zum Anlass, das Glas zu heben. Ich nahm einen Schluck, war über das fruchtige Aroma überrascht. Anerkennend nickte ich. »Der ist gut.«

Mehr konnte ich nicht sagen, ich hatte keine Ahnung von Wein. Er schmeckte mir, doch die typischen Bezeichnungen, mit denen Weinkenner den Rebensaft bedachten, waren mir fremd. Zur Bestätigung nahm ich noch einen Mund voll und verschluckte mich. Zu meinem Entsetzen geriet die Flüssigkeit in die Luftröhre. Ich versuchte den Hustenreiz zu unterdrücken, meine Augen tränten. Enrico reichte mir Wasser, aber die Kohlensäure machte alles nur noch schlimmer. Ich wollte raus, ins Bad, hatte Angst, ich könnte mich übergeben. Was für ein Alptraum.

Franco stand ebenso auf und haute mir fest auf den Rücken. Es tat weh, er hatte seine Kraft nicht im Griff. Frau Sauer erbarmte sich schließlich. »Kommen Sie, ich zeige Ihnen das Gästebadezimmer«, sagte sie, und ich nickte dankbar. Mehrmals hintereinander räusperte ich mich, doch der Reiz blieb. Ich konnte nur ganz flach atmen, immer wieder schluckte ich und versuchte, den Hustenanfall zu unterdrücken.

Erst als ich die Badezimmertür hinter mir schloss, nahm ich einen tiefen Atemzug. Ein donnernder Husten war die Folge. Ich setzte mich auf den Badewannenrand und wartete, bis der Anfall vorbei war. Mit tränenden, brennenden Augen stellte ich mich vor den Spiegel und erschrak. Dicke schwarze Balken umrahmten meine Augen. Beim nächsten Mal würde ich besser wasserfeste Wimperntusche benutzen. Ob Familie Sauer glaubte, ich müsste etwas an meinem Äußeren ändern? Sie waren alle so perfekt. Niemand hatte eine krumme Nase, Leberflecken im Gesicht oder Segelohren. Ich nahm einen Schluck Wasser aus dem Wasserhahn, hustete noch einmal testweise und ging zurück, als mich kein neuer Hustenreiz überfiel.

Sie unterhielten sich angeregt, und ich blieb abrupt vor der Tür zum Esszimmer stehen, als mein Name fiel. Der Lauscher an der Wand hört seine eigene Schand. Was redeten sie über mich?

»Warum hast du sie überhaupt eingeladen? Was soll das bringen?« Das war Enricos Stimme.

Franco antwortete: »Ich finde sie nett.«

Rosalia Sauer beruhigte ihre Söhne. »Jetzt hört aber auf, ihr beiden. Ich möchte, dass sie einen guten Eindruck von uns bekommt. Es ist eurem Vater wichtig.«

»Was der damit wohl bezweckt?«, fragte Franco.

»Er bezweckt gar nichts. Er will wissen, was aus dem Kind seines Bekannten geworden ist.«

»Bist du sicher, dass es das Kind eines Bekannten ist? Er ist dir doch nie treu gewesen. Mir kommt das seltsam vor.« Franco lachte leise.

Rosalia Sauer ging nicht darauf ein. »Für Jessica ist das alles sehr schwierig. Und wie dumm, dass sie nun auch noch diesen anonymen Anruf hier bei uns mitbekommen hat. Aber sie hat nichts gemerkt – oder was meint ihr?«

»Was soll sie denn merken? Was für ein Mensch der Gründer dieses ach so tollen Instituts tatsächlich ist? Hast du Angst, sie könnte herausfinden, dass er ein manipulativer, egozentrischer und machtbesessener Arsch ist? Für den Menschen nur Mittel zum Zweck sind?«

»Franco, bitte. Das ist unsinnig. Der Anrufer lügt.«

Ich räusperte mich und trat ins Esszimmer. »Entschuldigung«, brachte ich heraus und setzte mich, ohne jemanden anzuschauen.

Elvira hatte in der Zwischenzeit den Tisch abgeräumt und brachte das Dessert.

Franco lächelte. »Natürlich Quarkkäulchen. Das haben wir unserem Gast zu verdanken, kriegen wir auch nicht alle Tage. Die sind göttlich. Ein altes Familienrezept.«

»Noch jemand Kaffee dazu?« Elvira war leise ins Esszimmer getreten. Ich schaute auf die Uhr und schüttelte den Kopf. Kaffee um diese Uhrzeit würde mir den Schlaf rauben. »Nein, für mich nicht, danke«, antwortete ich und überlegte, wie ich mich am besten verabschieden konnte. Ich befand mich in einem Paralleluniversum. Ich saß gar nicht hier. Ich unterhielt mich auch nicht mit wildfremden Menschen, die mir das Gefühl gaben, ich wäre eine Figur in einem mir unbekannten Gesellschaftsspiel. Alles um mich herum fühlte sich unwirklich an. Das Zimmer, die Gespräche. Nur die Quarkkäulchen waren echt.

Ich brauchte Antworten und wusste, dass ich sie hier nicht bekommen würde.

»Würden Sie mir bitte ein Taxi bestellen? Es war ein anstrengender Tag, und ich möchte früh schlafen gehen, um morgen ausgeruht zu sein«, lächelte ich entschuldigend.

Niemand hielt mich zurück. Elvira bestellte ein Taxi. Es schien, als wären alle erleichtert, dass ich endlich ging. Selbst Rosalia Sauers Herzlichkeit war im Laufe des Abends abgekühlt.

»Jessica, ich wünsche Ihnen eine wunderbare Nacht. Was für ein aufregender Tag das heute für Sie gewesen sein muss.«

Ich schüttelte brav alle mir hingehaltenen Hände, dann setzte ich mich eilig in den Fond des Wagens. Mein Aufbruch ähnelte einer Flucht.

20

Gerdas Glas war leer. Abwechselnd schaute sie auf Flasche und Glas, unschlüssig, ob sie nachschenken sollte. Der Wein versetzte sie nicht in die Stimmung, die sie sich wünschte. Normalerweise verspürte sie nach zwei Gläsern eine Leichtigkeit, die Sorgen verschwanden. Zumindest verloren sie an Bedrohung. Außerdem wollte sie den Schmerz betäuben. Die Einsamkeit, die sie fühlte, verdrängen.

Natürlich zeigte der Alkohol Wirkung. Ihre Bewegungen wurden langsamer, das Sprechen undeutlicher. Es war nicht weiter schlimm, niemand war da, der ihren Selbstgesprächen zuhörte. Auch wenn die Zunge schwerer wurde, blieb ihr Geist klar. Sie betrachtete die dunkle Flasche, das edle Etikett intensiver. Ein Rotwein, Barolo, Jahrgang 2007. Ein guter Tropfen. Es war ihr Lieblingswein, der Jahrgang zufällig gewählt. Beim Discounter um die Ecke hatte sie ihn günstig erstanden.

2007 war ein ruhiges Jahr gewesen. Gerda ordnete die Jahre in ruhig und interessant ein, wobei ruhig gleichbedeutend mit gut war. Interessant war ein negativ behafteter Ausdruck. Wie oft hatte sie dieses Wort gehört, wenn sie erzählte, dass sie aus Leipzig stammte und Anfang der achtziger Jahre in den Westen geflüchtet war. »Wie interessant!« oder »Was für ein Abenteuer!«, hörte sie von ihrem Gegenüber. »Erzählen Sie mehr«, hauchten sie in Erwartung einer guten Geschichte.

Die hatten alle keine Ahnung. Abenteuer! Wildwestromantik! Gerda schnaufte. Diese Angst um ihr Leben würde sie nie mehr loswerden. Den Geruch der Panik, von ihr und ihren Mitreisenden, in dem kleinen Verschlag des alten Lkws roch sie noch heute. Vermischt mit den Ausdünstungen der Kunststoffplanen und billigem Schnaps. Drei Frauen, davon eine so jung, dass sie ihre Tochter hätte sein können, und ein junger Mann, der ständig seinen Flachmann aus der Hosentasche gezogen hatte, um einen Schluck zu nehmen.

Das Wort ›interessant‹ war für sie zum Synonym für Furcht,

Verzweiflung und Schrecken geworden. Sie hatte den Ausdruck aus ihrem aktiven Wortschatz verbannt.

Gerda holte tief Luft, um die Zentnerlast, die auf ihren Schultern lag, zu vertreiben. Sobald sie an diesen Tag dachte, fühlte sie die Enge und das Entsetzen. Sie brauchte nur die Augen zu schließen, und die Angst übermannte sie. Angst vor der Entdeckung, vor den Verhören, vor dem Gefängnis. Warum hatte sie sich bloß darauf eingelassen? Hätte sie gewusst, dass die DDR nur noch ein paar Jahre bestehen würde, sie hätte sich das nicht angetan. Aber dann hätte sie nicht Christine kennengelernt, und Jessica wäre nie in ihr Leben getreten. Gerda erinnerte sich an die aberwitzigen Wetten, die sie mit Gott, dem Schicksal oder was auch immer abgeschlossen hatte. Wenn diese Flucht gelänge, würde sie ein besserer Mensch. Nie mehr lügen. Sobald sie Arbeit fand und Geld verdiente, würde sie einen hohen Betrag spenden. Sie würde sich den Menschen annehmen. Ihr waren die absurdesten Ideen in den Sinn gekommen. Dass das Schicksal ihr Christine zuwies und Gerda so schnell ihre Versprechen einlösen musste, hatte sie nicht geahnt.

Sie schenkte nach. Ihr drittes. Als die rote Flüssigkeit in das Kristallglas lief, ignorierte Gerda alle Empfehlungen. Der Rotwein sollte im Glas atmen können, sagten die Sommeliers, doch das interessierte sie nicht. Sie wollte nicht genießen, sie wollte vergessen. Mit vorgebeugtem Oberkörper schlürfte sie die Flüssigkeit, ohne das Glas anzuheben. Die Wahrscheinlichkeit, dass sie auch nur einen der edlen Tropfen verschüttete, war zu groß.

Sie schloss die Augen, als der Barolo die Speiseröhre hinablief. Christines Gesicht schob sich immer wieder vor ihr inneres Auge. So jung, so hübsch, so stark! Und jetzt war sie tot.

Gerda hatte sie stets für ihr Selbstbewusstsein bewundert. Sie war arrogant, überheblich und abweisend gewesen. Trotzdem faszinierte sie die Damen in ihrer Umgebung. Nicht nur Gerda. Erst viel später erfuhr sie von Christines Schwangerschaft. Niemand ahnte etwas, nichts hatte während der Flucht darauf hingedeutet. Weder Heißhungerattacken auf saure Gurken und Schokolade oder Übelkeit hatten ihren Zustand verraten. Für Christine eine Frage der Disziplin.

Dass sich im Laufe der Jahre eine so enge Beziehung zwischen den beiden unterschiedlichen Frauen entwickeln würde, hatte niemand ahnen können.

Gerda nahm das Weinglas und schwenkte den Rotwein ein paarmal hin und her. Es war noch zu voll, ihre Bewegungen zu schwungvoll. Dieses Mal schwappte die rote Flüssigkeit über den Rand und bekleckerte ihre Bluse. Wie entfernt man Rotwein?, kam ihr in den Sinn. Sie zuckte die Schultern. War das wichtig? Nein. Christine war tot, Jessica allein in Leipzig auf Spurensuche. Ich hätte sie begleiten sollen, dachte Gerda. Dann zuckte sie mit den Schultern. Jessica hätte es niemals zugelassen. Sie war noch unnahbarer, als es Christine je gewesen war.

Eine Frage stellte sich Gerda wieder und wieder. Seit Jahren. Warum war sie bei Christine geblieben? Woher kam dieses Verantwortungsgefühl? Warum hatte sie sich das angetan?

Gerda lachte kurz auf, es klang wie ein Grunzen. Sie schüttelte heftig den Kopf, und erneut drohte der Wein auf ihre Bluse zu schwappen.

Vielleicht war es der Altersunterschied gewesen. Vielleicht Gerdas Einsamkeit. Seit dem Tod ihrer Mutter hatte sie die innere Leere nicht füllen können. Sie war allein gewesen, all ihre anderen Verwandten hatten im Westen gelebt. Das Abenteuer der Flucht gab ihr für eine Zeit lang das Gefühl von Leben. Doch während sie noch im Lkw unter der Plane saß und den Geruch der Angst, der sie umhüllte, einatmete, wusste sie, dass die Flucht nichts an ihrer Einsamkeit ändern würde.

Die Begegnung mit Christine schien ihr wie ein Wink des Schicksals. Ihre Geschichte rührte sie. Diese Blauäugigkeit und das blinde Vertrauen, dass alles gut werden würde. Christine war so jung, so verletzbar und ohne Plan.

Es kam, wie Gerda es erwartet hatte. Christines Freund erschien nicht. Es tat weh, ihre Verwandlung zu sehen. Ihre Selbstsicherheit bröckelte. Sie wurde stiller und ruhiger. Die Schwangerschaft schien an ihr vorbeizugehen, Gerda glaubte sogar, dass sie das Kind irgendwie verschwinden lassen wollte. Sie traf keinerlei Vorbereitungen für die Geburt, alles schien ihr egal.

Gerda war in ihrem Element. Sie organisierte Christines Leben, und die junge Frau ließ sich dankbar führen. Wenn Gerda ganz ehrlich zu sich selbst war, musste sie zugeben, dass sie froh war, dass Christine allein war. Dass dieser Typ nie aufgetaucht war. Sie hatten übergangsweise zusammen in einem kleinen Appartement gewohnt, und nun sorgte sie für zwei gegenüberliegende Wohnungen auf einer Etage. Sie strich das Kinderzimmer, organisierte die Babyausstattung und besorgte Christine den Job als Kassiererin, den sie nach der Geburt der Kleinen und dem Mutterschutz annehmen konnte. Jessica. Ihre Jessica. Sie war bei der Geburt dabei gewesen. Als Arzthelferin wusste sie, was zu tun war. Das war der schönste Tag in ihrem Leben, als sie dieses kleine Baby in ihrem Arm hielt.

Jahrelang lebte sie in Angst, dass Erich doch noch auftauchen und ihr Christine wegnehmen würde. Oft lag sie nachts wach, geplagt von Sorgen und Alpträumen. Wie hatte sie gebibbert und gezittert! Und dann kam die erlösende Nachricht von seinem Tod.

In ihrer grenzenlosen Erleichterung bemerkte sie nichts von Christines Bestürzung. Sie bemerkte nicht, dass damals etwas in Christine starb. Ihr Lebenswille brach. Verschwand. Sie wurde still, melancholisch zuweilen. Doch Gerda sprach nicht mit ihr darüber. Sie glaubte, Totschweigen sei die beste Art, damit umzugehen. Kurz danach versuchte Christine sich zum ersten Mal das Leben zu nehmen.

Gerda war erschüttert. Sie tauschte die eine Angst gegen eine noch viel schlimmere. Denn auch in all den Jahren danach hatte sie sich nie sicher sein können, dass Christine es nicht wieder versuchte.

Gerda trank einen großen Schluck. Abtauchen in den Alkoholrausch. Vergessen. Christine war tot, und sie war allein. Eine Komödie lief im Fernsehen, und während die Schauspieler einen Gag nach dem anderen lieferten, wurde Gerdas Stimmung immer gedrückter.

Was machte Jessica? Was fand sie heraus? Was, wenn sie nicht mehr zu ihr zurückkommen würde? Die Angst klammerte sich fest um Gerdas Magen und drückte zu.

21

Ich saß im Heck des Taxis, nannte dem Fahrer das Hotel und dachte an Mutter. Was würde sie von dieser ganzen Geschichte halten? Wenn Mutter gewusst hätte, dass es jemanden gab, der ihr Informationen über meinen Vater geben konnte, hätte sie trotzdem immer wieder versucht, sich das Leben zu nehmen? Die Erinnerungen an das erste Mal hatten sich in mein Gehirn gebrannt. Ich konnte die Bilder jederzeit abrufen.

Es war ein ganz normaler Tag im Mai gewesen. Die Sonne schien, seit Tagen konnte man ohne Jacke aus dem Haus gehen. Nichts deutete am Morgen darauf hin, dass dieser Tag anders enden könnte als alle anderen.

Gegen Mittag kam ich aus der Schule. Ich ging damals zur Dreiköniginnen-Grundschule in die vierte Klasse. In der Küche sah ich ein vorbereitetes Mittagessen. Mutter hatte mein Lieblingsgericht gekocht: Kartoffelknödel mit selbst gemachter Tomatensoße. Auch wenn das niemand nachvollziehen konnte, war es bis zu diesem Tag meine Leibspeise.

Der Kühlschrank war ungewöhnlich voll. Verwundert schaute ich auf Unmengen von Milch, Käse, meine Lieblingswurst und Joghurt mit Vanillegeschmack. Sogar Cola. Ich nahm mir eine kleine Flasche und schaute mich um, ob Mutter nicht plötzlich hinter mir auftauchte. Aber sie kam nicht. Ich ging in mein Zimmer, brachte meinen Schulranzen weg und schaute staunend auf die Stapel gewaschener und gebügelter Wäsche, die auf meinem Bett lagen. Ich wurde das Gefühl nicht los, dass irgendetwas nicht stimmte, und streifte durch die Wohnung.

Ich fand sie schließlich im Schlafzimmer. Die Jalousien waren heruntergelassen, und sie schlief. Leise schloss ich die Tür wieder hinter mir und machte mich über mein Mittagessen her. Noch heute fühle ich die Bauchschmerzen, wenn ich daran dachte. Danach setzte ich mich an den Schreibtisch und erledigte meine Hausaufgaben.

Als ich Mutter danach immer noch nicht wecken konnte, wurde

ich nervös. Ich klingelte bei Gerda, druckste herum und aß hektisch einen Keks nach dem anderen, bis ich endlich mit der Sprache herausrückte. »Mutter liegt im Bett. Ich glaube, sie ist sehr krank. Sie wird gar nicht wach.«

Mutter hatte alles vorbereitet, nur nicht bedacht, dass die Menge an Schlaftabletten nicht ausreichen könnte. Gerda erfasste die Situation sofort. Statt einen Krankenwagen zu rufen, nahm sie die Sache selbst in die Hand. Löste Salz in lauwarmem Wasser auf und flößte es ihr ein. Ich vertraute ihr, sie wusste, was zu tun war, auch wenn ich damals überhaupt nicht verstand, was passiert war. Das kam erst viel später. Im Nachhinein bin ich Gerda sehr dankbar. Wer weiß, wo ich hingekommen wäre, hätten die Behörden von Mutters Labilität und Todessehnsucht erfahren.

Meine Mutter erholte sich nur langsam, und niemand sprach über den Vorfall. Ein paar Jahre ging alles gut. Bis sie versuchte, sich die Pulsadern aufzuschneiden. Wieder fand ich sie. Im Badezimmer. Sie lag in der Wanne, im warmen, von ihrem Blut rot gefärbten Wasser. Damals war ich achtzehn, ich wusste, in welcher Richtung man die Pulsadern öffnen musste, um erfolgreich zu sein. Sie nicht. Und wieder half Gerda. Sie untersuchte die Schnitte, stellte fest, dass sie nicht tief waren, und legte zwei Druckverbände an.

Auch damals sprach niemand darüber.

Aber nun hatte sie es geschafft. Sie war tot. Wenn auch nicht allein aus eigener Kraft. Ich sah wieder und wieder das ernste und vorwurfsvolle Gesicht des Arztes vor mir. Es verfolgte mich. Haben Sie denn nichts bemerkt? Nein. Hatte ich nicht. Und selbst wenn, was hätte ich tun können? Als sie während des Einkaufens zusammenbrach und ins Krankenhaus eingeliefert wurde, war es zu spät. Es gab keine Heilung. Mutter lag in der weißen Krankenhausbettwäsche und wirkte zufrieden. Mit schwacher Stimme beruhigte sie mich. Ihr dritter Selbstmordversuch war geglückt. Weil sie nichts unternommen hatte. Wie perfide.

»Wo ich hingehe, ist alles gut. Er wird mir verzeihen, wenn ich ihn endlich wiedersehe«, flüsterte sie mir zu.

»Wir sind da, junge Frau«, riss mich der Taxifahrer aus den Gedanken. Er nannte den Fahrpreis, der mir nicht zu hoch erschien. Ich reichte ihm einen Fünfzig-Euro-Schein und bat ihn, auf zwanzig herauszugeben.

Während er nach dem Wechselgeld suchte, sagte er: »Sie sollten nicht zu viel grübeln.«

Ich blieb stumm und wartete auf mein Geld. Ich nahm ihm den Ratschlag nicht übel, wollte aber nichts erklären.

»Sind Sie das erste Mal in Leipzig?«

Ich bestätigte mit einem Kopfnicken.

»Ich biete auch Stadtrundfahrten an. Bin ein guter Fremdenführer. Wenn Interesse besteht, einfach anrufen.« Er reichte mir mit der Quittung eine Visitenkarte und lächelte mich an. »Leipzig ist eine tolle Stadt, mit viel Geschichte. Es lohnt sich.«

Ich nahm beides und verabschiedete mich.

Im Hotelzimmer war meine Müdigkeit verflogen. Die Erinnerungen wühlten mich auf. Der Unterschied zwischen meinem, Mutters und Gerdas Leben und dem der Familie Sauer war riesig. Es gab nur einen Menschen auf dieser Welt, der mich verstehen und mir vielleicht so etwas wie Trost geben könnte. Gerda nahm nach dem zweiten Klingeln ab.

22

Der Kopf schmerzte. Gerda öffnete langsam die Augen und schaute auf den Fernseher. Irgendein Morgenmagazin. Aufgesetzte Fröhlichkeit. Das viel zu laute Lachen der Moderatorin drang bis zu dem Grund ihrer Schmerzen. Gequält schloss sie für einen Moment die Augen. Dann mahnte sie sich zur Ordnung und setzte sich aufrecht hin. Ihr Blick fiel auf den Beistelltisch und die leere Weinflasche. Sie konnte sich nicht entsinnen, sie ausgetrunken zu haben. Irgendwann war sie im Sessel eingeschlafen, und nun taten ihre Muskeln weh. Das Aufstehen war schwierig, das Dröhnen und Hämmern im Kopf wurde lauter. Im Zeitlupentempo ging sie ins Bad. Sie vermied jede hastige Bewegung, trug den Kopf kerzengerade und hoffte, dass sie im Badezimmer eine Schmerztablette fand. Sie hatte Glück. Eine letzte Brausetablette lag im Medikamentenschrank. Sie nahm das Zahnputzglas, ließ das Wasser laufen, bis es kälter wurde, und schaute aufmerksam zu, wie sich die Tablette sprudelnd auflöste.

Jessica hatte angerufen, fiel ihr ein. Gerda trank das Glas in einem Zug leer und schloss wieder die Augen. Jessica. Sie hatte aufgeregt geklungen, was ihr gar nicht ähnlich sah. Ein Abendessen bei Sauers.

Gerda ließ das kalte Wasser über ihre Handgelenke laufen, spritzte sich danach das kühle Nass ins Gesicht. Es half, um sich konzentrieren zu können. Zurück im Wohnzimmer suchte sie das Telefon. Jessica nahm sofort ab.

»Hallo Gerda, guten Morgen. Es tut mir leid, dass ich dich gestern noch so spät angerufen habe. Ich wollte dich nicht beunruhigen.« Jessicas Stimme klang normal. Von Aufregung keine Spur.

Gerda erwiderte: »Mach dir keine Gedanken. Ich wollte nur wissen, wie es dir heute geht. Du hast dich gestern so aufgewühlt angehört. Ich war wohl keine Hilfe. Mich nimmt das alles sehr mit. Ich vermisse deine Mutter.«

Jessica blieb einen Moment stumm. »Du solltest nicht so viel trinken. Bei mir ist alles in Ordnung. Ich fühle mich gut. Heute werde ich wohl einiges erfahren. Soll ich dich heute Abend noch einmal anrufen, wenn ich etwas weiß?«

Hatte ihr der Alkohol etwas vorgegaukelt? In ihrer Erinnerung war ein Unterton in Jessicas Stimme gewesen, der nicht zu ihr zu passen schien. Gerda schüttelte den Kopf. Alles war in Ordnung. Das waren nichts als Gespenster.

»Das ist eine gute Idee. Ich warte auf deinen Anruf. Hab einen schönen Tag«, antwortete sie und legte auf.

Dann dachte sie: Vielleicht sollte ich tatsächlich weniger trinken.

23

Claas riss die Zimmertür von 112 auf und rief: »Ist das nicht ein schöner Morgen? Die Sonne scheint, die Blumen blühen.«

Er pfiff ein paar Töne und stellte das Tablett auf den Nachttisch. Claas war von seinen Kollegen vorgewarnt worden. Der Patient von 112 war ein versnobter Arzt, der mit nichts zufrieden war. Man hatte ihn vor zwei Tagen ein paar Stents gesetzt, und er sollte heute, nach der Visite, entlassen werden. Auf eigenen Wunsch.

Claas hatte die Erfahrung gemacht, das man solchen Menschen am besten mit viel Freundlichkeit begegnete. Damit nahm man ihnen von Beginn an den Wind aus den Segeln. Außerdem hatte Claas gute Laune. Sein Knie schmerzte nicht mehr, und sein Verein wollte ihn trotz der Schlappe während des Turniers wieder im Tor sehen. Er betätigte den Schalter für die Jalousie, und während das Rollo nach oben fuhr, breiteten sich die Sonnenstrahlen auf dem Bett des Patienten aus.

»Guten Morgen, Dr. Sauer«, rief Claas erneut. »Es ist ein wunderbarer Tag. Und Sie können heute nach Hause.«

Immer noch keine Antwort. Claas blickte auf die Bettdecke, die der Patient über das Gesicht gezogen hatte. Nur ein paar einzelne graue Haare lugten hervor. Erst jetzt bemerkte er, dass das Kopfkissen neben dem Bett lag. Er eilte hinüber und schlug die Bettdecke zurück. Für einen Moment verharrte er in Schockstarre. Dann schrie er auf. Das durfte, konnte nicht sein! Der Mann war tot.

Claas sah seine schlimmsten Befürchtungen bestätigt. Hier auf der Station trieb ein Todesengel sein Unwesen. Mit vorgehaltener Hand, als könnte ihn diese vor weiteren Schreien schützen, betrachtete er den Patienten. Er lag auf dem Rücken. Augen und Mund waren nicht ganz geschlossen. Nichts deutete auf äußere Verletzungen hin. Claas nahm die Hand des Patienten und suchte trotzdem nach einem Puls. Vergeblich. Die Hand fühlte sich schlapp an, keine Leichenstarre. Also war er bereits ein paar Stunden tot.

Wie hatte das passieren können? Wo war die Nachtschicht gewesen? War Sauer vielleicht im Schlaf gestorben? Claas hielt das für unwahrscheinlich. Was ging hier auf der Station vor? Natürlich starben Patienten, das war völlig normal. Doch bei Ewald Sauer war keine komplizierte Operation vorangegangen. Die Einsetzung der Stents war ein Routineeingriff. Das hier war kein natürlicher Tod.

Seine Gedanken wirbelten durcheinander. Was konnte er tun? Wem konnte er vertrauen? Claas schaute in das Gesicht des alten Mannes, versuchte etwas zu erkennen. Es gab Berichte, dass sich Gefühle zum Zeitpunkt des Todes in den Gesichtszügen festsetzten. Er suchte nach Angst, Entsetzen.

Doch in diesem Antlitz fand er nichts außer Frieden. Vielleicht war Dr. Sauer doch im Schlaf gestorben? Claas schaute auf das Kissen, das auf dem Boden lag, und dachte angestrengt nach. Ersticken war schwer nachzuweisen. Er suchte auf Sauers Händen und Unterarmen nach verdächtigen Einstichen. Nichts. Es gab hier so viele Möglichkeiten, unentdeckt zu töten – was, wenn Claas sich irrte? Ihm fiel niemand im Krankenhaus ein, dem er vertrauen konnte.

Sein Entschluss stand fest. Er griff in seine Hosentasche und nahm sein Handy, das er trotz des Verbots immer in seiner Gesäßtasche trug. »Herr Staufenberg? Hier spricht Claas Saale. Es ist etwas Schreckliches passiert.«

24

Staufenberg und Camilla unterhielten sich im Büro des Chefarztes. Professor Dr. Müller schritt aufgeregt im Büro auf und ab. »Ich verstehe nicht, warum der Junge nicht zu mir gekommen ist. Sich direkt an die Polizei und an Sie persönlich, also an die Mordkommission, zu wenden, finde ich eigenartig. Was wirft das denn für ein Bild auf uns?«

»Claas Saale hat schon länger den Verdacht, dass hier etwas Kriminelles vor sich geht. Es wollte sich an jemand Außenstehenden wenden. Sein Großvater und ich sind alte Bekannte, da erschien es ihm logisch.«

Camilla kommentierte diese Bemerkung mit einem irritierten Blick.

»Trotzdem finde ich sein Verhalten ungeheuerlich. Bringt ohne Beweise die Polizei hier ins Haus. Wie stehen wir denn in der Öffentlichkeit jetzt da? Es gibt ohnehin schon Gerüchte, dass das Krankenhaus in dieser Form, wie es jetzt besteht, geschlossen werden soll. Diese Geschichte wird das Gerede ganz sicher nicht verhindern, sondern noch mehr anfeuern!«

Staufenberg berichtete unbeeindruckt weiter: »Claas hatte nur ein ungutes Gefühl, keine Beweise. Doch jetzt gibt es wieder einen Toten. Ich habe ihn gebeten, die Augen offen zu halten, und er hat genau richtig gehandelt.«

Müller lachte spöttisch auf und wandte ihnen den Rücken zu. »Sie verstehen, wenn ich das anders sehe. Nichtsdestotrotz werden wir die Obduktion abwarten. Es gibt keinerlei Anzeichen, dass Sauer eines unnatürlichen Todes gestorben ist, auch wenn er sich in ausgesprochen guter Verfassung befand und heute entlassen werden sollte. Sauer ist selbst Arzt und führt in Leutsch ein kleines Institut, das sich im weitesten Sinne mit Gesundheit befasst.«

»Da ist übrigens etwas, was ich nicht verstehe. Wieso ist Sauer hierhin gekommen und nicht, zum Beispiel, in die Uniklinik gegangen?«

»Ärzte sind komisch. Vor allem, wenn es um ihre eigene Gesundheit beziehungsweise Krankheit geht. Sauer und ich kennen uns von früher. Wir haben mal zusammengearbeitet. In aller Bescheidenheit kann ich sagen, dass ich ein Experte auf dem Gebiet der Herzchirurgie bin. Sauer wollte den Besten.«

Er drehte sich wieder zu den beiden Ermittlern um, und in seinem Gesicht stand nun Angst. »Es ist unglaublich. Was ist, wenn Claas sich nicht irrt und wir tatsächlich einen Irren auf unserer Station haben? Und er wieder tötet? Sie müssen ihn fassen!«

»Das werden wir tun. Deshalb sind wir hier. Das Zimmer wird versiegelt. Unsere Spezialisten werden jede Kleinigkeit untersuchen, überprüfen und vergleichen. Es ist ein Tatort. Wir werden alles in unserer Macht Stehende tun, um weitere Morde zu verhindern. Ich brauche Ihnen nicht zu sagen, dass Sie sich mit Informationen an die Presse zurückhalten sollten. Und nun möchte ich mit Claas sprechen.«

Professor Dr. Müller war blass geworden. An die Journalisten schien er bisher nicht gedacht zu haben. »Was für ein Alptraum«, stöhnte er. »Aber kommen Sie, Herr Saale wartet im Nebenzimmer auf Sie.«

Als sie den Raum betraten, stand Claas am Fenster und tippelte nervös von einem Bein auf das andere. Seine Hände steckten in den Hosentaschen, seine Augen schauten verwirrt umher, und sein Blick wirkte gehetzt. »Die sind alle ganz schön sauer auf mich, oder?«

»Guten Morgen erst mal«, begrüßte ihn Staufenberg. Er ging auf Claas zu und legte ihm beruhigend die Hand auf die Schultern. »Alles halb so schlimm. Du hast genau richtig gehandelt. Wie war das, als du den Toten heute Morgen gefunden hast?« Die vertraute Anrede kam ihm wie selbstverständlich über die Lippen.

Claas schluckte, suchte nach Worten. Stotternd erzählte er, wie er Sauer begrüßt hatte, und schilderte sein Entsetzen, als er ihn tot vorfand.

»Alles, was du sagst, bleibt unter uns. Aber ich möchte endlich wissen, wen du für den Todesengel hältst.«

Claas wurde blass. »Ich habe einen fürchterlichen Verdacht. Das kann aber gar nicht sein.« Er fing wieder damit an, im Raum auf und ab zu gehen. »Sie ist eigentlich total nett, auch wenn sie es zu verstecken weiß. Sie tut nur so. Als ich mir das Knie so angeknackst hatte, da hat sie mich geschont. Und gelobt, dass ich überhaupt gekommen bin. ›Andere hätten sich krankschreiben lassen‹, hat sie gesagt. Ich kann sie doch nicht einfach beschuldigen. Aber ich hab sie mit der Spritze gesehen, und sie hat gesagt, dem Patienten geht es schlecht. Sie hat ihm etwas Blutdrucksenkendes gespritzt, hat sie gesagt. Aber womöglich war es ja eine Überdosis?« Er machte erschöpft eine Pause. »Vielleicht ist sie krank?« Hoffnung zeichnete sich in seinem Gesicht ab.

»Du redest von Oberschwester Bertha, oder?« Staufenbergs Stimme klang ganz normal und beruhigend. »Sie ist eine patente Frau. Aber du kannst der Kriminalpolizei zutrauen, dass sie richtig ermittelt. Entschuldige, jetzt habe ich dich schon wieder einfach so geduzt. Es tut mir leid.«

»Das machen Sie schon die ganze Zeit. Aber das ist nicht schlimm, bei Ihnen gar nicht. Schwester Bertha sagt immer Claas und siezt mich. Das ist auch okay.«

»Das ist eine gute Idee, Claas. Aber das Du ist in Ordnung?«

Claas nickte.

»Also vertrau mir, ich brauche Informationen, um den Täter zu ermitteln. Ich denke nicht, dass sich Schwester Bertha so dumm verhält und etwas behauptet, was jeder Grundlage entbehrt. Aber jetzt erzähl mal der Reihe nach.«

Claas schluckte. »Das erste Mal habe ich bei Brinkmann Verdacht geschöpft. Das war, als ich Ihnen den Brief geschrieben habe.« Er wiederholte noch einmal die Situation, als er Schwester Bertha mit der Spritze in der Hand gesehen hatte. »Es kam mir seltsam vor, und ich habe Gabi gebeten, nach dem Patienten zu sehen. An dem Wochenende hatte ich frei. Sonntagabend rief mich Gabi an und teilte mir mit, dass Brinkmann gestorben sei. Und ich habe Schwester Bertha reden gehört, wie sie meinte, dass es wahrscheinlich besser für Brinkmann sei, weil er doch so krank war.«

»Die Oberschwester ist eine gute Kraft«, wiederholte Staufenberg, »und für viele Patienten verantwortlich. Das kann ein dummer Zufall sein. Hast du etwas Verdächtiges in Verbindung mit dem neuen Toten gesehen? Gab es vielleicht eine Bemerkung, die jetzt in einem anderen Licht erscheint? Nicht nur von der Oberschwester. Vielleicht von jemand anderem vom Personal?«

Claas grübelte. »Nein, nicht wirklich. Bei diesem Sauer war ja alles ganz anders. Er ist ja selbst Arzt gewesen, der hatte hier schon einen Sonderstatus. Niemand mochte ihn sonderlich. Er war nett, aber so von oben herab, wenn Sie wissen, was ich meine. Jeder hat ihn hofiert. Alle haben ihn wie ein rohes Ei behandelt. Keiner wollte, dass er sich bei jemandem von der Chefetage beschwert.«

Er hielt kurz inne und schloss die Augen. »Aber eine Gemeinsamkeit gibt es tatsächlich bei allen Fällen, also eine ganz faktische, die sich auch belegen lässt: Dr. Müller war in allen Fällen der Operateur und Schwester Bertha die verantwortliche Oberschwester. Auch jetzt beim Sauer. Nur, dass er, wie es im Moment aussieht, tatsächlich ermordet wurde. Bei den anderen kann es ja auch wirklich ein blöder Zufall gewesen sein.«

Claas' Gesichtsfarbe hatte sich immer noch nicht normalisiert.

»Danke, Claas. Das war es erst mal. Ich werde sicher noch mal auf dich zurückkommen. Und bestell deinem Opa einen schönen Gruß.«

Staufenberg begleitete ihn nach draußen und bat den Professor wieder herein. »Camilla, du machst hier weiter. Ich fahre zur Familie und überbringe Frau Sauer die Nachricht. Sie haben doch noch nichts in der Hinsicht unternommen?«, wandte er sich an den Professor.

»Aber nein, wo denken Sie hin? Ich bin dankbar, dass Sie das übernehmen.«

25

Staufenberg saß im Wohnzimmer und wartete, dass Frau Sauer wiederkam. Elvira, die Haushälterin der Familie, bot ihm zum dritten Mal etwas zu trinken an. Jedes Mal hatte er dankend abgelehnt. Seine Gedanken wanderten zu dem Toten. Erstickt durch ein Kissen? Es sah ganz danach aus. Aber das war gar nicht so einfach durchzuführen. Es erforderte Kraft und Willen. Allerdings war im Fall von Ewald Sauer mit wenig Gegenwehr zu rechnen gewesen. Wenn der Angriff unerwartet kam und das Opfer im Schlaf überraschte, war es auch einer zierlichen Frau möglich. So wie Frau Sauer.

»Entschuldigen Sie, dass Sie so lange warten mussten. Ich … mein Körper …«, stammelte sie, als sie eintrat.

Staufenberg betrachtete sie neugierig. Er hatte schon vielen Familienangehörigen eine Todesnachricht gebracht, aber nie so eine Reaktion wie hier erlebt. Die meisten reagierten mit Tränen, andere wurden sprachlos vor Trauer. Manche lachten. Aggressionen, Fassungslosigkeit, Schreikrämpfe, Unglauben. Er dachte, er hätte im Laufe der Jahre alles erlebt. Aber Frau Sauer hatte ihn nach der Überbringung der schlechten Nachricht nur angeschaut und sich dann sofort entschuldigt: »Ich muss mal ins Bad.«

Er war ihr hinterhergelaufen, weil er befürchtete, sie könnte sich etwas antun. Im Flur hatte er gestanden und gelauscht. Die Würgegeräusche waren eindeutig gewesen. Spülung, Wasserrauschen. Er war zurückgegangen und hatte gewartet.

Jetzt saß sie ihm gegenüber und starrte ihn an.

»Möchten Sie etwas trinken? Oder essen vielleicht? Elvira macht einen wunderbaren Marmorkuchen. Manchmal backt sie auch andere Köstlichkeiten. Sie ist eine wunderbare Bäckerin. Sie kann süß und herzhaft. Und alles wird wunderbar luftig, nie hart. Wir lieben ihre Backkünste. Sie kocht auch fabelhaft …«

»Frau Sauer, ich muss mit Ihnen über Ihren Mann sprechen.«

»Ja, er ist ein wundervoller Mann. *War*, muss ich ja nun sagen. Tot. Ich kann es gar nicht glauben, es fühlt sich unwirklich an.

Ewald ist so ein starker Mann. Gewesen. So unglaublich präsent. Er wusste, dass die Herzoperation eine Kleinigkeit war. Also nach der Untersuchung von Professor Dr. Müller. Vorher hatte er ein bisschen Panik, dass sein Leben zu Ende gehen könnte. Albern, nicht wahr?«

»Frau Sauer, Ihr Mann ist keines natürlichen Todes gestorben. Wir ermitteln in einem Mordfall.«

Sie legte den Kopf schief und schob ihre Unterlippe nach vorn. »Mord? Aber wer sollte denn Ewald ermorden wollen?«

»Hat er sich Feinde gemacht? Er ist doch ein erfolgreicher Mann, führt eine Privatklinik. Gibt es dort vielleicht Unstimmigkeiten? Streit über die Führung oder Ähnliches?«

»Nein. Im Institut ist alles in Ordnung, wir sind wie eine große Familie. Vor Kurzem haben wir sogar noch einen Schönheitschirurgen in unseren Kreis aufgenommen. Wissen Sie, wir betrachten das Ganze als gesamtheitliches Konzept. Für ein erfülltes Leben gehören ein gesunder Körper und eine ausgeglichene Psyche zusammen. So haben wir unser Institut aufgebaut. Und es wird gut besucht. Wir planen sogar zu expandieren. Düsseldorf, München. Dort sitzen die Banker, Manager, die so eine Einrichtung annehmen. Privat, ganz diskret. Aber luxuriös. Ich kann Sie gleich mal herumführen. Es ist Ewalds ganzer Stolz.«

Staufenberg wusste nicht, wie er ihr Verhalten deuten sollte. Sie stand unübersehbar unter Strom. Er befürchtete, dass sie jeden Moment zusammenbrechen könnte.

»Gibt es in Ihrem Institut jemanden, der sich um Sie kümmern kann? Sie sollten nicht ohne Aufsicht sein.«

»Natürlich. Mein Mann legt großen Wert auf gutes Personal. Sein Kollege, Georg Hille, ist Arzt. Wir haben einen Anästhesisten und examinierte Schwestern. Wir helfen den Menschen. Bauen Sie wieder auf, wenn sie sich zu viel zugemutet haben. Erschöpfungsphasen hat man immer mal wieder in seinem Leben, und es gibt ständig neue Herausforderungen. Wir helfen, dass der Mensch mit den an ihn gerichteten Anforderungen besser umgehen kann. Wir werden die Arbeitsbedingungen im gehobenen Managementbereich nicht verändern können, wohl aber den Umgang damit. Da ist jeder Einzelne gefordert. Meditation, Sport, gesunde Ernährung, gegebenenfalls mit Nahrungsergänzungsmitteln, aber auf jeden individuell zugeschnitten. Ein Ausgleich zwischen Anspannung und Entspannung muss geschaffen werden. Dann sind Sie, ist jeder in der Lage, mit allen Herausforderungen klarzukommen.«

Rosalia Sauers emotionales Plädoyer für das Lebenswerk ihres Mannes war beeindruckend.

»Für Ewald steht immer der Mensch im Mittelpunkt. Das ist unbestritten. Da können auch noch so Fremde das Gegenteil behaupten. Und jetzt ist er tot!«, schrie sie plötzlich und wedelte wild mit den Armen über ihrem Kopf herum. Ihr Gesicht wurde leichenblass, und sie rang nach Luft.

Endlich, dachte Staufenberg, während er um Hilfe rief. »Elvira, kommen Sie bitte, schnell! Informieren Sie den Notarzt. Sofort!«

Rosalia Sauer krümmte sich auf dem Boden. Sie hechelte, keuchte, zwang sich zum Sprechen. »Jessica, Sie müssen Jessica informieren!«

»Ganz ruhig, Frau Sauer, es kommt sofort Hilfe.«

Elvira brachte ein feuchtes Tuch und legte es ihrer Chefin auf die Stirn. »Georg kommt gleich«, sagte sie leise und streichelte ihr über die Wange.

Es dauerte keine fünf Minuten, bis ein Mann von ungefähr sechzig Jahren mit einer Arzttasche im Raum stand. »Was ist passiert?«

»Dr. Hille, nehme ich an?«

Der Fremde nickte und kniete sich neben den Körper der Arztgattin. Routiniert zog er eine Spritze auf, gab sie der Kranken. Anschließend bat er Staufenberg zu helfen, sie auf das Sofa zu legen.

»Was ist passiert?«, wiederholte er seine Frage.

»Mein Name ist Lorenz Staufenberg. Ich habe Frau Sauer über den Tod ihres Mannes informiert. Erst wirkte sie sehr gefasst, dann kam dieser Zusammenbruch.«

»Ewald ist tot? Was? Das kann ich nicht glauben. Es war doch ein ganz normaler Eingriff, nichts Weltbewegendes. Ich hab noch mit Müller gesprochen, der war ganz zuversichtlich, dass Ewald heute entlassen wird. Gab es etwa Komplikationen?«

»Nein, wir ermitteln in einem Todesfall infolge von Fremdeinwirkung.«

Georg Hille schaute ihn irritiert an. »Fremdeinwirkung? Sie

meinen … Mord? Das ist völlig unmöglich. Wer soll denn etwas gegen Ewald haben? Diese Telefonanrufe waren doch harmlos. Keiner hat die ernst genommen, schon gar nicht Ewald. Was für ein Unsinn!«

»Was für Anrufe?«, hakte Staufenberg nach. »Wir brauchen jede Information. Wenn Sie etwas wissen, dann heraus damit.«

Georg Hilles Gesichtsmuskeln zuckten. Staufenberg beobachtete, wie er mit sich rang, was er erzählen konnte. Oder durfte. Rosalia Sauer bekam von alldem nichts mit.

»Vor drei Monaten ungefähr begannen diese Anrufe«, begann er stockend. »Sie gingen an das Institut, genauer an die Durchwahl von Ewalds Büro. Diese Nummer ist kaum jemandem bekannt. Der Anrufer hat seinen Namen nicht gesagt. Er hat gar nichts gesagt, man hörte nur Atmen. Das macht natürlich Angst, aber es ist niemand bedroht worden. Ewald hat Büroanrufe auch an seine Privatnummer weitergeleitet, damit er immer erreichbar war. Seltsamerweise rief dieser Mensch auch abends immer wieder an. Ich gehe davon aus, dass sich der Anrufer einen Scherz daraus gemacht hat. Als es noch mein Büro war, hab ich immer sofort aufgelegt.«

»Wie meinen Sie das, als es noch Ihr Büro war? Wie ist das zu verstehen?«

»Ach so, das können Sie ja nicht wissen. Wir haben unser Institut erweitert und einen Chirurgen ins Boot geholt. Dr. Klühspieß ist für ästhetische Eingriffe verantwortlich. Es gab ein wildes Rotieren der Büros, und Ewald ist in mein altes gegangen. Dr. Klühspieß hat Ewalds Büro bekommen, und ich bin in das neue gezogen.« Er wandte sich an Rosalia Sauer, fühlte ihren Puls. »Sie wird Ihnen heute nicht mehr weiterhelfen können. Sie braucht Ruhe. Mein Gott, was für ein Schock!«

Staufenberg nickte. Eine Frage hatte er dennoch. »Sagt Ihnen der Name Jessica etwas?«

»Nein, wer soll das sein?«

Elvira meldete sich aus dem Hintergrund. »Sie war zum Abendessen hier. Vorgestern Abend. Jessica Laumann. Frau Sauer hat mich nicht immer in ihre privaten Dinge einbezogen, aber das hat sie mir erzählt. Sie musste diese unbekannte Frau auf Wunsch ihres Mannes ausfindig machen. Warum, weiß ich nicht.«

»Wissen Sie, wo sie wohnt?«

»Sie ist im A&O abgestiegen. Sie kommt aus der Nähe von Düsseldorf. Franco hat vorgestern den Wagen gefahren, als die gnädige Frau sie abgeholt hat.«

26

Das Telefon klingelte. Nicht mein Handy, das in Reichweite auf dem Nachttisch lag, sondern der Hotelapparat auf dem gegenüberliegenden Schreibtisch. Ich musste aufstehen, wollte aber nicht. Ich schloss die Augen wieder und hoffte, dass der Anrufer aufgeben würde. Fehlanzeige. Der Klingelton dröhnte in meinen Ohren, wurde lauter und lauter. Ich fluchte. Es hörte nicht auf, und ich erhob mich.

»Ja?«, meldete ich mich.

»Die Rezeption. Hier ist ein Herr für Sie. Es ist wichtig, sagt er. Er ist schon unterwegs.«

»Bitte? Ich bin gerade erst aufgewacht! Was für ein Herr? Ich bin doch noch gar nicht …«

In diesem Moment klopfte es an der Tür. Ich schaute an mir herunter. Außer einem alten ausgeleierten T-Shirt trug ich nichts. Es klopfte heftiger.

»Ja, Moment«, rief ich. Ein Herr? Wer sollte mich morgens besuchen kommen? Enrico, Franco – weitere Männer kannte ich nicht in Leipzig. Konnte ich denen diesen Anblick zumuten?

Ich beschloss, dass es mir egal sein konnte, und öffnete die Tür.

Weder Enrico noch Franco standen vor mir, sondern ein älterer grauhaariger Mann. Ich verschränkte die Arme vor der Brust und guckte ihn fragend an. Dunkle Augen musterten mich.

»Frau Laumann? Jessica Laumann?«

Ich fröstelte. Er wusste doch von dem Hotelangestellten, dass ich hier wohnte. Was sollte die Frage?

»Wer sind Sie, und was wollen Sie von mir? Ich bin gerade erst aufgewacht. Muss mir etwas anziehen«, meckerte ich und wollte schon wieder die Tür schließen. Der Fuß des Unbekannten hinderte mich daran. Gleichzeitig hielt er mir einen Ausweis vor das Gesicht. »Kriminalpolizei«, las ich.

»Lorenz Staufenberg«, stellte sich der Fremde vor.

»Polizei? Ist etwas passiert? Oder hab ich etwas angestellt?«

»Lassen Sie uns das in Ruhe besprechen. Ziehen Sie sich etwas an, ich warte solange vor der Tür.«

Er zog die Tür hinter sich zu, und ich stand einen Moment orientierungslos im kleinen Flur meines Hotelzimmers. Anziehen, befahl mein Gehirn, und mein Blick fiel auf die Kleidung von gestern Abend, die ich zum Lüften über den Stuhl gehängt hatte. Egal, was mich dieser Kommissar fragen wollte, wir würden das in den Frühstücksraum verlegen. Ich griff zu Pulli und Jeans, roch daran und zog die Nase kraus, schlüpfte aber dennoch hinein. Im Bad wusch ich mir das Gesicht, fuhr mit den Fingern durchs Haar und sprühte mir ein wenig Parfüm hinters Ohr. Meine Schuhe standen gerade da, und ich schlüpfte hinein.

»Das ging aber schnell«, begrüßte mich der Kommissar. »Gehen wir doch in den Frühstücksraum.«

Es war kurz vor zehn Uhr, ich bezweifelte, dass wir noch etwas bekommen würden.

»Frau Laumann, ich weiß von Rosalia Sauer, dass Sie hier sind. Was ist Ihr Grund für den Besuch in Leipzig?«, begann er mich auf dem Flur zu verhören.

»Wenn Sie mit Frau Sauer gesprochen haben, wird Sie Ihnen auch das erzählt haben.«

»Ich würde es gern von Ihnen hören.«

»Ihr Mann liegt hier im Krankenhaus. Er wollte mich sehen. Daraufhin bin ich nach Leipzig gekommen.«

»Sie leben in der Nähe von Düsseldorf, sagte mir Elvira, die Köchin der Familie Sauer.«

Ich nickte. »Genauer gesagt in Neuss.«

»Fanden Sie diese Bitte nicht ungewöhnlich?«

»Es geht so. Herr Sauer wollte mir etwas Wichtiges mitteilen. Über meinen Vater. Nachher wollte ich ihn im St.-Barbara-Krankenhaus besuchen.«

»Daraus wird nichts.«

Wir hatten den Frühstücksraum erreicht, ich wollte mich gerade setzen. Sein letzter Satz ließ mich innehalten. »Wieso nicht? Natürlich werde ich gleich hingehen.«

Er blickte mich ernst an und sagte: »Herr Sauer ist tot.«

Ich blieb stehen, schaute nach der Kellnerin, die mir einen Kaffee bringen sollte.

»Haben Sie verstanden, was ich gesagt habe, Frau Laumann?«

»Ja.« Meine Stimme klang ganz normal.

Dann erfolgte ein Schmerz im Fuß, und um mich herum wurde es schwarz.

Als ich wieder zu mir kam, lag ich auf dem Boden und sah meine nackten Füße gegen die orangefarbene Wand gelehnt. Mein erster Gedanke war, dass meine Fußnägel schmutzig waren. Ich krümmte die Zehen zusammen, damit es niemandem auffiel.

»Da sind Sie ja wieder. Haben Sie mich erschrocken. Hätten Sie mich nicht vorwarnen können? Kippen einfach um. Stellen Sie sich vor, ihr Kopf wäre gegen die Tischkante geschlagen, das hätte richtig schiefgehen können. Das war knapp.«

Er war aufgeregt, nervös, dieser Staufenberg. Schien sich wirklich Sorgen um mich zu machen. Die Kellnerin stand hinter ihm, gestikulierte wild, redete unaufhörlich.

»Geht schon.« Ich rappelte mich auf und nutzte dabei seinen Arm als Stütze.

»Wirklich?«

Ich nickte. Das war ein untrügerisches Zeichen, dass ich mich gefangen hatte – ich verfiel schon wieder in alte Muster. Nicken, den Kopf statt den Mund sprechen zu lassen. Sofort überkam mich erneut ein Schwindelgefühl.

»Es tut mir leid«, sagte er.

»Mir geht es gut«, erwiderte ich. »Ich hab nur zu wenig gegessen in den letzten Tagen.«

Ich setzte mich. Die Kellnerin hielt mir ein Schnapsglas vor die Nase. Der Geruch von Kümmel und Alkohol benebelte meinen Geist.

»Leipziger Allasch, ein Allheilmittel. Danach geht es Ihnen besser. Glauben Sie mir.«

Wider besseres Wissen nahm ich einen Schluck und spürte jeden Tropfen meine Speiseröhre entlanglaufen. Im leeren Bauch angekommen, verbreitete der Alkohol tatsächlich ein wohliges Gefühl.

»Wie ist er gestorben? Hat das Herz doch nicht mitgemacht? Es sah doch alles gut aus.«

»Er wurde erstickt.«

Ob Kriminalbeamte diesen Tonfall lernten? Gab es dafür vielleicht sogar Kurse? Einfühlsam. Seine Stimme stand im krassen Gegensatz zu dem Gesagten.

»Von wem?«, fragte ich. »Und wieso?«

»Das gilt es herauszufinden. Erklären Sie mir bitte genau, was er Ihnen sagen wollte. Und dann wüsste ich gern, was Sie gemacht haben, seit Sie in Leipzig sind.«

Völlig perplex schaute ich ihn an. Dann lachte ich laut auf. »Sie glauben, dass ich … aber nein, nicht wirklich, oder? Okay, ich war gestern Nachmittag kurz bei ihm im Krankenhaus, habe aber nichts von ihm erfahren. Dann bin ich in die Stadt. War in der Nicolaikirche. Abends hat mich Frau Sauer zum Essen eingeladen. Gegen halb zehn hat mich ein Taxi zurück ins Hotel gebracht. Für all das gibt es Zeugen. Der Taxifahrer kann sich bestimmt an mich erinnern. Irgendwo hab ich die Rechnung noch.«

Lorenz Staufenberg beobachtete mich aufmerksam, meine Hände und ihr Tun. Ins Gesicht schauen konnte er scheinbar nur bei der Mitteilung von Todesfällen.

»Was denken Sie, wollte Dr. Sauer Ihnen über Ihren Vater erzählen? Sie sind vierhundert Kilometer gefahren. Ahnen Sie, worum es gehen könnte? Hat Ihnen Ihre Mutter etwas erzählt? Mit ihr muss ich auch sprechen.«

»Das wird schwierig. Sie ist gestorben. Letzte Woche. Krebs.«

Einen Moment blieb es still.

»Leider hat sie mir nicht viel erzählt. Es gibt ein offizielles Schreiben, in dem steht, dass mein Vater, Erich Kummerer, 1983 im Krankenhausgefängnis hier in Leipzig gestorben ist. Ich bin davon ausgegangen, dass Dr. Sauer ihn kannte und mir vielleicht etwas über ihn erzählen kann. Gestern, als ich kurz bei ihm war, versuchte er noch etwas zu sagen, aber er war zu schwach. Die Schwester musste kommen, sie tat so, als hätte ich den Patienten aufgeregt. Dabei hab ich gar nicht mit ihm gesprochen.«

Die Kellnerin erschien neben mir, und ich bat um einen Kaffee. Dann erzählte ich weiter. »Mutter ist damals schwanger aus der DDR geflüchtet. Es war abgemacht, dass er ihr folgen sollte. Aber er wurde als Fluchthelfer verhaftet und hat das Gefängnis nicht überlebt.«

Das Gesicht des Kommissars wirkte maskenhaft, undurchdringlich. »Ihre Mutter stammt aus Leipzig? Und ihr Vater auch?«

Ich nickte. »Aber ich weiß kaum etwas über ihre Zeit hier. Meine Mutter ist in einem Heim aufgewachsen und hat nicht viel von sich und ihrem Leben vor meiner Geburt erzählt. Sie hat nie über die Vergangenheit gesprochen, und ich habe nicht gefragt.«

»Wie ist der Vorname Ihrer Mutter?«

»Christine.« Die Kellnerin stellte eine Kaffeetasse vor mich. »Aber ich hatte gestern im Krankenhauspark eine seltsame Begegnung.«

Ich berichtete von dem Gespräch mit dem älteren Patienten, der mir von dem kleinen Marienkäfer-Mädchen erzählt hatte. »Ich habe keine Ahnung, ob das Hirngespinste eines senilen alten Mannes sind. Aber sprechen wollte ich auf jeden Fall noch einmal mit ihm. Er liegt auch in diesem Krankenhaus. Brand heißt er, so hat ihn diese dicke Schwester angesprochen, als sie ihn draußen aufgespürt hat. Den Vornamen weiß ich nicht. Aber er hat von einer Christine gesprochen und dass ich ihr ähnlich sehe. Mich hat das beschäftigt. Ich frage mich noch immer, ob er vielleicht von meiner Mutter gesprochen hat. Das trifft alles zu. Nach dem Tod der Großeltern ist das Mädchen, das er meinte, in ein Heim gekommen. Das passt, meine Mutter ist auch ganz früh Waise geworden. Vielleicht ist das ein Hinweis. Können Sie da nicht nachfragen? Sie haben doch ganz andere Möglichkeiten. Stellen Sie sich vor, er könnte mir vielleicht von Mutters Vergangenheit erzählen.«

Ich schnappte nach Luft. Dieser ungewohnte emotionale Ausbruch erschöpfte mich. Der Kommissar ging nicht darauf ein. Ich schwieg. Zu viele Gedanken kreisten in meinem Kopf. Dann eben nicht, dachte ich.

»Eine Frage hab ich noch.« Etwas interessierte mich. So langsam funktionierte mein Verstand auch wieder.

»Ja?«

»Wie haben Sie festgestellt, dass er erstickt wurde?«

Der Kommissar schaute aus dem Fenster. »Zu dem jetzigen Zeitpunkt unserer Ermittlungen kann ich Ihnen noch nichts Genaues sagen. Ich vermute, dass sich jemand in den frühen Morgenstunden in das Krankenzimmer geschlichen und höchstwahrscheinlich ein Kissen auf sein Gesicht gepresst hat.«

»So einfach?«, staunte ich. »Warum hat niemand etwas bemerkt?«

»Die Frage haben wir uns auch schon gestellt. Ich habe keine Antwort. Noch nicht.«

»Als seine Frau mich vor ein paar Tagen anrief, sagte sie, er läge im Sterben. So schlimm war es dann aber wohl doch nicht. Und jetzt ist er tot. Ironie des Schicksals.«

Ich nahm einen Schluck Kaffee. Angewidert verzog ich das Gesicht. Er war kalt und ungenießbar. Schlimmer als kalter Kaffee war für mich, wenn Kaffee in einer Glaskanne stundenlang auf der Heizplatte der Maschine warm gehalten wurde.

»Wie lange bleiben Sie in Leipzig, Frau Laumann?«

»Möchten Sie, dass ich bleibe? Darf ich die Stadt nicht verlassen? Steh ich auf der Liste der Verdächtigen?« Spöttisch sah ich ihn an.

»Ich werde mich sicher noch einmal mit Ihnen unterhalten müssen. Das ist einfacher, wenn Sie vor Ort sind.« Er stand auf, nahm seine Jacke und reichte mir die Hand. »Für heute reicht es. Es tut mir sehr leid. Vielleicht kann ich etwas über Ihren Vater herausfinden. Oder sogar erfahren, was Herr Sauer Ihnen mitteilen wollte. Ich gehe bald in Pension, und wenn es keine Staatsgeheimnisse sind, werde ich es Ihnen gern verraten.«

Der Kommissar nickte kurz mit dem Kopf – das machte ihn für mich auf Anhieb sympathisch – und drehte sich um. Dann plötzlich hielt er inne. »Was halten Sie davon, wenn wir diesen Herrn Brand gemeinsam aufsuchen? Ich stelle die Fragen, Sie hören zu. Wir erfahren beide etwas.«

Irritiert schaute ich ihn an. »Warum nicht?«, erwiderte ich langsam. »Wann?«

»Machen Sie sich fertig, dann nehme ich Sie mit. Ich warte solange hier und frühstücke.«

»Das ist eine gute Idee«, sagte ich und lief aus dem Frühstücksraum, hinauf in mein Zimmer.

Ich beschloss, unter die Dusche zu springen, und putzte mir auch dort die Zähne. Dann schlüpfte ich in ein Paar neue Jeans, ein weißes T-Shirt und einen grauen Pullover. Der Einfachheit halber band ich mir einen Pferdeschwanz und zog feste Schuhe an. Ich brauchte keine Viertelstunde, bis ich wieder im Frühstücksraum war. Der Kommissar biss gerade in ein Körnerbrötchen und bat mich, Platz zu nehmen. »So viel Zeit muss sein.«

Die Kellnerin stellte ein Glas frisch gepressten Orangensaft vor mich hin, und der Kommissar schmierte mir ein halbes Brötchen. Ich wusste nicht, wann ich das letzte Mal so verwöhnt worden war.

»Essen Sie, Sie können es vertragen. Wer weiß, was noch alles passiert.«

Ob die Formulierung Absicht war? Was erwartete er noch? Oder war man als Kommissar immer darauf vorbereitet, dass etwas passierte? Die seltsamsten Gefühle wechselten sich in mir ab, nur Hunger verspürte ich keinen.

»Wie haben Sie die Kellnerin dazu gebracht, noch Frühstück zu reichen? Die Zeit ist doch vorbei«, fragte ich.

Er hob lachend seinen Dienstausweis in die Höhe.

Plötzlich zuckte ich zusammen. Da war er wieder. Wie immer, wenn ich emotional stark belastet war, schmerzte mein rechter Fuß. Der Arzt sprach von einer Art Phantomschmerz. Eine logische Erklärung gab es dafür nicht. Seit Jahren war der Arzt mit der Entwicklung meines Fußes zufrieden. Doch jedes Mal, wenn ich mich aufregte oder in stressige Situationen geriet, gab es diese durchdringenden Schmerzen.

»Was ist mit Ihnen?«, fragte Staufenberg.

Ich schüttelte den Kopf. »Nichts«, antwortete ich und biss in das Brötchen. »Mmh, Teewurst. Habe ich schon ewig nicht mehr gegessen.«

Wir lachten uns an. Wir verstanden uns.

27

Lorenz Staufenberg setzte sich hinter das Steuer einer dunkelblauen Limousine. Es war ein seltsames Gefühl, in einem Polizeiwagen zu sitzen, auch wenn es ein Zivilfahrzeug war. Ich berichtete dem Kommissar noch einmal, was mir Brand erzählt hatte. Von Motschegiebschen. Staufenberg kannte den Ausdruck und lachte, als er ihn hörte: »Marienkäfer, ja man sieht fast ein kleines Mädchen in einer roten Strickjacke vor sich, wenn man das hört.«

Ich schloss die Augen und hing Tagträumen und Gedanken nach. Ich stellte mir vor, ich wäre das Kind, das mit einer roten Strickjacke über eine Wiese lief. Aber ich war kein Marienkäfer, schon gar kein Motschegiebschen. Ich war Jessica Laumann, die Analytikerin, die Kluge. Die, die gut rechnen konnte, und die, die Chemie und Physik spannend fand. Die, die selten rausging, mit anderen Kindern nichts anfangen konnte und lieber las. Die, für die Nähe bedrohlich wurde und die sich an keinen Kosenamen gewöhnen konnte.

Fairerweise musste ich zugeben, dass auch ich für niemanden einen Spitznamen hatte. Mutter war Mutter. Weder Mama, Mutti und schon gar nicht Mami. Gerda war immer Gerda. Nähe, Körperkontakt – Fehlanzeige. Bei jedem Versuch, mir sanft über den Kopf zu streichen, wurde ich steif wie ein Brett. Ich wollte keine Nähe. Das war mein gutes Recht.

Der Kommissar fuhr langsamer. »Halten Sie mal mit die Augen nach einem Parkplatz auf. Wäre schön, wenn wir in der Nähe des Eingangs parken könnten.«

Noch bevor ich antworten konnte, war er fündig geworden. Ich stieg aus und atmete tief ein. Staufenberg verfolgte jede meiner Bewegungen. Das irritierte mich, doch ich wusste nicht, ob es mich belustigte oder bedrohte.

Die Eingangstüren schoben sich auseinander, als wir auf sie zutraten, und wir liefen zielstrebig zur Information. Der Kommissar gab mir mit einer beinahe unsichtbaren Geste zu verstehen, dass ich fragen sollte. Diesmal saß ein Mann hinter der Glasscheibe. Ich grüßte und fragte, wo Herr Brand liege.

»Kennen Sie seinen Vornamen?«

Ich verneinte.

»Dann kann ich Ihnen nicht helfen.« Er biss in sein Butterbrot.

Ich wartete. Er kaute genüsslich, schaute mal hier-, mal dahin. Nur nicht zu mir. Ich wurde wütend.

»Guter Herr«, begann ich mit freundlicher Stimme, »wie wäre es denn, wenn Sie trotzdem mal nachschauen würden? So viele Herren mit Namen Brand, die älter als sechzig Jahre sind, wird es ja wohl nicht geben.«

Meine Stimme klang zuckersüß. Gefährlich süß. Der Mann legte sein Brot zur Seite und schaute mich böse an. Ein Krümel am rechten Mundwinkel irritierte mich, meine Augen wanderten ständig dorthin. War das Ei? Ein Blick zu seinem Brot: tatsächlich gekochte Eier.

»Immer mit der Ruhe. Ich ess erst mal meine Bämme. So viel Zeit muss sein, Mädchen.«

Bämme? Den Ausdruck kannte ich nicht. Stulle, Kniffte, Bütterken, Brotzeit – aber Bämme? Musste ein typisch sächsischer Ausdruck sein. Ich schaute hilfesuchend zu Lorenz, der sich ein Lachen kaum verkneifen konnte. Von ihm war keine Hilfe zu erwarten.

Ich drehte mich um und zischte: »Ich habe nicht ewig Zeit. Herr Brand wartet auf mich.«

Warum schritt der Kommissar nicht ein? Was bezweckte er mit diesem Theater? Ich wurde wütend. Er wäre mit seinem Dienstausweis viel schneller ans Ziel gelangt.

In diesem Moment erklang eine bekannte Stimme hinter mir. »Na, Manfred, wieder essen während der Arbeitszeit? Sie wissen, was der Chef davon hält.«

Dass die Oberschwester in diesem Moment hier auftauchte, hielt ich für einen Wink des Schicksals. Ein erneuter Blickkontakt, doch Staufenberg ließ mich machen.

»Wie schön, Sie hier zu treffen!« Ich konnte ja herzlich sein, wenn ich wollte. »Sie erinnern sich sicher nicht, aber ich habe mich gestern mit Herrn Brand im Park unterhalten, als Sie dazukamen und ihn zur Untersuchung abholten. Ich wollte mich erkundigen, wie es ihm geht.«

Abschätzend betrachte sie mich. Angefangen bei meinen Haaren über meine Handtasche bis zu den Schuhen. Ich konnte ihren Gesichtsausdruck nicht deuten.

»Sie sind eine Verwandte?«, fragte sie.

»Nein, wir haben uns gestern zufällig getroffen und sind ins Gespräch gekommen. Er schien mir sehr einsam, und ich dachte, es gefällt ihm, wenn ich ihn besuche.«

»Wie ist Ihr Name?«

Was geht Sie das an?, fragte ich mich, antwortete aber dennoch brav: »Laumann, Jessica Laumann.«

Wieder dieser abschätzende Blick. »Frau Laumann, es tut mir leid, es Ihnen sagen zu müssen. Herr Brand ist gestorben. Er hat die Operation nicht überlebt. Sein Körper wollte nicht mehr. Der Krebs war weit fortgeschritten. Endstadium.

Jetzt wurde Lorenz Staufenberg doch noch aktiv. Er zog seinen Dienstausweis aus der Tasche.

Ich mutierte zum Beobachter. Noch ein Toter, dachte ich. Wieder einer weniger, der mir etwas über meine Vergangenheit sagen konnte. Wie hoch war die Wahrscheinlichkeit, dass diese Vorfälle mit mir zu tun hatten? Ich schüttelte den Kopf. Alles nur Zufall. Ich interpretierte zu viel in die Geschehnisse, bezog sie alle auf mich. Eine fremde Erfahrung.

Ich stand starr, beobachtete die Krankenschwester und den Kommissar und fühlte mich leer. Ich sah, wie die beiden weggingen, überlegte, was ich tun sollte, und folgte mit ein paar Metern Abstand. Rechts, links. Ich konzentrierte mich darauf, die Füße nacheinander im gleichen Abstand auf den Boden zu setzen. Das Ziel war ein Schwesternzimmer im ersten Stock.

28

Claas stand fassungslos vor Schwester Verena und Professor Dr. Müller und verfolgte das Gespräch. Er konnte nicht glauben, was er hörte. Mit emotionsloser Stimme erklärte die Schwester dem Professor gerade, dass an dem Tod von dem Patienten nichts ungewöhnlich war. Die Operation sei gut verlaufen, doch der Allgemeinzustand des Mannes zu schwach gewesen.

Sie senkte ihre Stimme. »Er wollte wohl nicht mehr leben.«

In Claas' Ohren klang der leisere Tonfall weder nach Anteilnahme noch nach Mitgefühl. Genauso gut hätte sie »Das Essen ist fertig« oder »Schönes Wetter heute« sagen können.

»Wenn man Sie so reden hört, könnte man glauben, Sie haben nachgeholfen«, entgegnete Müller trocken.

Schwester Verena fuhr herum. »Wie können Sie so etwas sagen!«

»Die Todesursache ist unklar. Ich kann keinen natürlichen Tod bescheinigen«, fuhr er fort. »Ich werde die Polizei informieren.«

»Das brauchen Sie nicht. Sie ist schon da.«

Oberschwester Bertha stand plötzlich im Zimmer. Hinter ihr tauchte Lorenz Staufenberg auf. Claas atmete erleichtert auf. Jetzt würde alles gut werden.

29

Der Kommissar hatte die Oberschwester gebeten, sich um mich zu kümmern. Ich wollte nicht. Doch ich hatte keine Chance. Ein Blick der resoluten Frau reichte, um zu erkennen, dass ich mich in einem Ausnahmezustand befand. Sie geleitete mich in die Cafeteria, besorgte mir ein Glas Wasser und setzte sich zu mir.

»Geht's wieder? Sie kannten Herrn Brand doch gar nicht, oder?«

Ich nickte, um die erste Frage zu bestätigen. Dann schüttelte ich den Kopf, um die zweite zu verneinen. Sie änderte die Taktik.

»Was haben Sie nun vor? Soll ich Ihnen ein Taxi bestellen, das Sie nach Hause bringt?«

Das war eine gute Frage. Nach Hause? Zu Gerda? Nein, nicht zurück nach Neuss. Ich war hier und wollte herausfinden, was es für ein Geheimnis um meinen Vater gab.

»Haben Sie Dr. Sauer betreut?«, fragte ich.

Schwester Bertha sah mich nachdenklich an. »Nicht direkt, aber natürlich kannte ich ihn. Warum fragen Sie?«

»Er ist auch tot.«

Ich nervte sie, das sah ich ihr an. Aber sie ging nicht auf mich ein.

»Ihnen geht es wirklich gut? Dann lass ich Sie jetzt allein«, sagte sie stattdessen und stand auf.

»Ja, natürlich. Danke.«

Ich blieb sitzen und überlegte, was ich nun tun könnte. Mit der Straßenbahn ins Hotel fahren wäre eine Möglichkeit. Doch die Aussicht auf viele Menschen und Gedränge schreckte mich ab. Mir fiel der nette Taxifahrer ein. Ich kramte in meiner Handtasche nach der Visitenkarte.

Ich schaute der Schwester nach, wie sie mit schnellen Schritten verschwand. Erst dann suchte ich mein Handy, überlegte einen Moment, verwarf die Bedenken und rief an.

Erst als ich im Taxi saß, erkannte mich der Fahrer. »Haben Sie es sich überlegt? Wollen Sie doch eine Stadtrundfahrt?«

Er lachte mich an, und in diesem Moment dachte ich: Warum

eigentlich nicht? Allein im Wagen zu sitzen, einem fremden Menschen zuhören, ohne selbst viel reden zu müssen – das klang herrlich.

»Wenn Sie Zeit haben?«

Er rieb sich die Hände und schaute mich freudestrahlend an. »Ich zeig Ihnen mein Leipzig, es ist eine wunderbare Stadt! Übrigens, mein Name ist Thomas Walter.«

Er fuhr mitten auf den Marktplatz, ich blieb im Wagen sitzen, und er erklärte mir die Kaufmannsstadt Leipzig. Wie alles begann, wie diese Stadt es geschafft hatte, ein Ort von Weltformat zu werden. Fasziniert hörte ich ihm zu, und es blieb nicht aus, dass er mich fragte, was mein Grund für den Besuch sei. Mich fremden Menschen anzuvertrauen kam mir falsch vor. Auch wenn ich den Mann sehr sympathisch fand, konnte ich nicht über meinen Schatten springen. Ich sagte, dass ich wegen einer Familiengeschichte hier sei. Er lächelte.

»Familien schreiben die komischsten Geschichten, nicht wahr? Wenn Sie Leipzig nicht kennen, haben Sie die Person viele Jahre nicht gesehen, oder?«

Ich lächelte zurück, das musste als Antwort reichen. Mir fehlte die Lust, mehr zu erzählen. Das Reden überließ ich ihm. Und das machte er wirklich gut. Er brachte mir die Geschichte der Stadt nahe, zeigte mir einen der ersten Schrebergärten Deutschlands, und ich bat ihn anzuhalten. Ich stieg aus und dachte an den netten Herrn Brand.

Der Taxifahrer erzählte mir von einem gewissen Moritz Schreber, und mich faszinierte, dass die Geschichte der typisch deutschen Schrebergartenkultur hier in Leipzig ihren Anfang gefunden hatte.

Es ging weiter bis zur russischen Kirche. Er fuhr verkehrt herum in die Einbahnstraße und hielt rechts vor der Kirche. »Die müssen Sie sehen«, erklärte er mir.

Ich stieg aus, während er einen Parkplatz suchte. Ein Zettel an der Tür der Kirche erklärte, dass sie erst wieder in einer Stunde geöffnet werden würde. Herr Walter zuckte mit den Schultern und grinste. »Es gibt noch mehr zu besichtigen.«

Ich stieg wieder ein, dieses Mal auf den Beifahrersitz, und wir fuhren zum Völkerschlachtdenkmal. Ich hielt die Luft an, als er mal wieder eine rote Ampel ignorierte. Für Taxis, zumindest für das von Thomas Walter, galten in Leipzig andere Verkehrsregeln. Er hielt plötzlich an, und noch im Auto begann er, die Geschichte des Denkmals zu erzählen.

Ich stieg aus und nahm die Landschaft in mir auf. Die Sonne schien, alles wirkte friedlich. Bäume, Rasen – so viel Grün. Einige Touristen hielten sich am Fuße des Denkmals auf, andere sah ich die Treppen innerhalb des Mahnmals emporsteigen. Mit dem Wasser vor dem Bauwerk hätte es ein romantischer Ort sein können, doch alles wirkte zu groß. Zu angsteinflößend und martialisch hässlich.

»Hier hat sich vorgestern eine junge Frau hinuntergestürzt, habe ich gehört«, sagte ich.

»Ja, ich weiß, ich habe es auch gelesen. Sie war sofort tot. Es war und ist immer wieder ein Ort für Selbstmörder. Wollen Sie hoch? Zumindest rein? Sie sollten sich die Ruhmeshalle ansehen.«

Ich schaute hinauf, auf das Monument der Geschichte, fühlte mich klein und mickrig. Und dachte an den Tod. Niemals zuvor war ich so häufig mit Sterben konfrontiert gewesen wie in den letzten Tagen. Ich schüttelte den Kopf. Nein. Ich wollte diesen Ort nicht erleben.

Der Taxifahrer nahm es gelassen und erzählte weiter über seine Stadt. »Kennen Sie die Gothic-Szene? Die treffen sich einmal im Jahr hier. Ganz klein haben sie 1992 angefangen, damals waren es vielleicht eintausendfünfhundert Leute. Alle schwarz. Aber so düster sind die gar nicht. Beschäftigen sich nur mit Tod. Der gehört ja zum Leben dazu.«

Schon wieder Tod.

»Dieses Jahr werden zwanzigtausend Besucher erwartet. Dann müssen Sie mal hierhin kommen. Das Picknick im Clara-Zetkin-Park ist ein Highlight. Das heißt jetzt aber nicht mehr nur Gothic, sondern Wave-Gothic, aber wie die es nun nennen, ist mir ja egal. Da können Sie Gestalten und Verkleidungen sehen – vom Feinsten. So was geht hier in Leipzig. Keine Krawalle, einfach nette Leute, gute Stimmung. Vielleicht ein bisschen unheimlich, wenn so viele Menschen in schwarzer Kleidung in der Stadt herumlaufen. Aber wie gesagt, der Tod gehört zum Leben dazu.«

Damit hatte er ja recht. Tod und Leben waren unzertrennlich miteinander verknüpft.

»Bringen Sie mich ins Hotel?«, bat ich ihn.

»Ich rede zu viel, nicht wahr? Das sagt meine Frau auch immer.«

»Nein, nein«, beeilte ich mich zu erwidern. Ich wollte ihn nicht kränken. »Ich bin nur müde. Es war ein anstrengender Tag.«

Ich zahlte den vereinbarten Preis, und er brachte mich zurück zum A&O.

»Wenn Sie noch mehr wissen wollen, rufen Sie an. Ich mach das gern.«

Eine halbe Stunde später lag ich auf dem Bett und versuchte, meine Gedanken zu sortieren. Mein Vater, meine Mutter, Herr Brand, Gerda, Sauer, der Kommissar – alle tauchten auf. Ich träumte von Marienkäfern, die schwammen und fortflogen, als ich mich näherte. Dann verwandelte sich der Marienkäfer in einen Hai mit riesigen Zähnen. Dabei machte er seltsame Geräusche, die ich kannte, aber nicht verstand. Es dauerte ein paar Sekunden, bis ich begriff, dass mein Handy klingelte.

30

Die Nacht war unruhig für Staufenberg gewesen. Bereits gegen fünf Uhr früh stand er auf. Ausnahmsweise war er am Abend rechtzeitig ins Bett gegangen und nicht im Fernsehsessel eingeschlafen. Er wollte für die Untersuchung ausgeruht sein. Trotzdem fühlte er sich wie erschlagen. Heute war es so weit. Der Tag, den er im Kalender rot umrandet hatte. Ein Termin, den er zweimal verschoben hatte. Aus Angst. Vor der Untersuchung, vor den Ergebnissen. Dieser Facharzt, Richter, hatte ihn informiert, dass er Gewebeproben entnehmen würde. Ein paar Tage müsste er bis zu den Ergebnissen warten.

Um acht Uhr sollte er in der Praxis sein. Natürlich nüchtern. Keinen Tee, keinen Kaffee. Er fragte sich, wie er die drei Stunden bis dahin überstehen sollte. Nachdem er seine Morgentoilette erledigt hatte und angezogen war, setzte er sich an den Küchentisch. Im Radio, das leise im Hintergrund vor sich hin dudelte, lief ein Schlager über die Liebe. Staufenberg blendete den Text aus und notierte stattdessen ein paar Gedanken zum aktuellen Fall. So langsam gewöhnte er sich an die vermutete Existenz eines Todesengels. Gleichwohl zählte er den Tod Sauers nicht zu dessen Taten.

Oder diese Morde hatten eine ganz andere Bedeutung. Vielleicht waren die Hinweise auf den Todesengel ein Ablenkungsmanöver, um den Mord an Sauer zu vertuschen? Auch wenn Staufenberg in seiner gesamten Laufbahn zugegebenermaßen noch nie so ein plumper Versuch untergekommen war. Allerdings würde er dann eine Mittäterschaft, zumindest Mit*wisser*schaft, von Claas Saale nicht ausschließen können. Natürlich war es ebenso gut möglich, dass jemand aus dem Umfeld des Instituts etwas gegen den Doktor gehabt hatte.

Doktor – da war es wieder. Dieses Magendrücken, das leichte Brennen und Unwohlsein. Staufenberg schaute auf die Uhr und erschrak. Noch eine Stunde bis zu seinem Termin, es wurde Zeit. Er legte die Notizen zur Seite, schaute noch einmal in den Spiegel.

Ich hätte mich auch rasieren können, dachte er. Doch dafür war es nun zu spät.

Ein paar Minuten später stand er auf der Straße und machte sich auf den Weg. Eine halbe Stunde Fußweg hatte er überschlagen. Das würde ihn, so hoffte er, beruhigen. Er betrachtete jedes Blumenbeet, jeden Briefkasten, als würde er ihn das letzte Mal sehen. Selbst die Nachbarin von schräg gegenüber, eine dicke, bösartige Frau, bedachte er mit einem Lächeln, als sie mit grimmiger Miene ihre Mülltüten entsorgte. Staufenberg erkannte Glas, Plastik, alles in einem Beutel. Keine Mülltrennung. Er hatte sie ertappt. Deshalb ihr griesgrämiger Gesichtsausdruck.

Als er an der Bäckerei vorbeiging und ihm der Duft frisch gebackener Brötchen in die Nase stieg, knurrte sein Magen. Er schloss eine Wette mit sich selbst ab: Wenn er die Magenspiegelung gut überstehen würde und die Gewebeproben unauffällig wären, würde er seine Ernährung komplett umstellen. Obst und Gemüse statt Pommes und Schokolade.

Die Sprechstundenhilfe begrüßte ihn lächelnd. »Guten Morgen, Herr Staufenberg. Sie sind aber früh dran. Zur Gastroskopie, oder?«

»Magenspiegelung«, antwortete Staufenberg leise.

»Ja, ja, sag ich ja. Sie sind allein? Sie sollten doch eine Begleitperson mitbringen. Sie dürfen nach dem Eingriff nicht Auto fahren. Ihnen wird ein Beruhigungsmittel gespritzt. Wie wollen Sie denn wieder nach Hause kommen? Sie sollten nicht allein sein.«

Ich bin mein ganzes Leben allein, wollte er antworten. Stattdessen sagte er: »Es ist alles geregelt, ich werde nachher abgeholt.« Dass ihn ein Taxi ins Präsidium fahren würde, müsste diese Person nicht wissen.

Seine Hände wurden feucht, als er im Behandlungsraum Platz nahm. Der Arzt kam, warf einen Blick in seine Akte und erklärte ihm noch einmal die Vorgehensweise. Eine Helferin besprühte seinen Rachen, jemand setzte eine Spritze, und Staufenberg dachte an den Todesengel. Wie durch einen Nebel vernahm er die Stimme des Arztes und war ganz überrascht, als die Untersuchung schon wieder zu Ende war.

»Wir schicken die Proben ein. Eigentlich sieht es ganz gut aus, ich konnte nichts Abnormes entdecken. Trotzdem kann immer noch …« Er brach den Satz ab. »Ich will Ihnen ja keine Angst machen. Aber Sie können natürlich mit einer gesunden Lebensweise viel zu Ihrer Gesundheit beitragen. Treiben Sie Sport? Ach, ich will gar keine Lügen hören. Sie bleiben jetzt noch hier für eine gute halbe Stunde liegen, und dann können Sie abgeholt werden.«

»Mir geht es gut, ich brauche keine halbe Stunde Ruhe.« Staufenberg stand auf und setzte sich direkt wieder hin. Seine Knie gaben nach, sobald er sie belasten wollte.

Die Schwester lächelte nachsichtig. »Das glauben alle Patienten. Vor allem die männlichen. Bleiben Sie liegen. Ich hole Sie gleich ab. Wenn Sie zur Toilette müssen, rufen Sie, damit ich Sie begleiten kann.«

So weit kommt es noch, dachte Staufenberg und schloss die Augen.

31

»Sie erwartet uns. Soll ich dich abholen?«

Im ersten Moment wusste ich nicht, wer mich anrief. Ich erkannte weder die Stimme, noch fiel mir ein, wer sich mit mir verabreden wollte. Ich schaute auf die Uhr. Fast neun. Nach der gestrigen Stadtrundfahrt hatte ich mich aufs Bett gelegt und bis jetzt durchgeschlafen. Ungläubig schüttelte ich den Kopf und versuchte, mit mehrmaligem Blinzeln die Müdigkeit zu vertreiben. Dann fielen mir Tanja und ihre Freundin Elke ein. Und die Tante.

»Guten Morgen, Tanja. Gib mir eine halbe Stunde. Dann komm ich an die Straße.«

Ich schaffte es in zwanzig Minuten. Tanja begrüßte mich mit einer Umarmung, und ich stieg in ihr Auto.

»Dann wollen wir mal. Ich habe ein paar Gebäckstücke besorgt. Für dich Leipziger Lerchen. Schön, dass du mitkommst.«

Die Tante war mir auf den ersten Blick sympathisch. Im Gegensatz zu Elkes Mutter war sie kaum geschminkt. Falls doch, sah ich es zumindest nicht. Wir saßen um den Küchentisch herum. Die mitgebrachten Teilchen standen auf dem Tisch und warteten darauf, verzehrt zu werden.

»Sie sind also Freunde von Elke?«, sagte die Tante. »Ich freue mich, dass ich Sie beide kennenlerne. Leider hat sie nie etwas über Sie erzählt. Sie war sehr verschlossen.«

»Das hast du nett ausgedrückt.« Elkes Mutter nuschelte. Sie klang angetrunken, aber ich konnte nirgendwo Alkohol entdecken.

»Ich habe Elke in einem Kino kennengelernt.«

»Wer geht schon allein ins Kino? Zu meiner Zeit hat man da ganz andere Dinge gemacht, als einen Film anzuschauen.« Ein kehliges Lachen erklang.

Offensichtlich war Miriam Schönherr das Verhalten ihrer Schwester peinlich. »Rebecca, leg dich doch einen Moment hin. Du schläfst so schlecht in letzter Zeit, da kann ein Mittagsschläfchen nur gut für dich sein.«

»Willst mich wohl loswerden, was? Aber das haben schon ganz

andere versucht, das gelingt dir nicht!« Sie schüttete sich aus einer kleinen silbernen Flasche etwas in die Kaffeetasse.

»Rebecca, es ist früher Morgen, ich bitte dich! Du hast noch nicht einmal etwas gegessen.«

»Na und? Ist doch mein Leben. Niemand hat mir da hineinzureden.« Ihr Lallen wurde stärker.

»Komm, Rebecca, bitte. Du wirst sehen, nach einem kleinen Schläfchen geht es dir viel besser.«

Völlig unerwartet ließ sich die angetrunkene Frau aus dem Zimmer führen.

»Ich komme gleich wieder«, flüsterte Miriam Schönherr uns zu, bevor sie ihre Schwester aus dem Raum begleitete.

»Sieht aus, als plagten sie Gewissensbisse wegen ihrer Tochter«, sagte ich, »das passt gar nicht zu dem, was du mir erzählt hast.«

Bevor Tanja antworten konnte, kam Frau Schönherr, die Nette, wie ich sie in Gedanken nannte, wieder herein.

»Man kann meiner Schwester viel nachsagen, aber sie ist eine Mutter, die ihr Kind verloren hat. Jeder trauert anders.« Sie nahm wieder Platz und wandte sich an mich. »Wo haben Sie denn Elke kennengelernt? Es ist unschwer zu überhören, dass Sie nicht von hier sind.«

Ich lächelte. »Nein, Sie haben richtig festgestellt, ich komme aus Neuss. Ich wollte hier jemanden besuchen.«

»Familie? Entschuldigen Sie, wenn ich zu neugierig bin.«

»Nein, es ist etwas komplizierter.«

In kurzen Sätzen erklärte ich ihr meine Familiengeschichte. Tanja brannte darauf, den Rest zu erzählen.

»Und stellen Sie sich vor: Jessica kommt hierhin, um einen geheimnisvollen Mann kennenzulernen, der ihr mehr über ihren Vater erzählen kann. Und kurz bevor sie ihn besuchen kann«, sie machte eine dramaturgische Pause, »stirbt er. Ist das nicht tragisch?«

Mir war das peinlich. Zum Glück hatte ich ihr nicht erzählt, dass auch Mord nicht ausgeschlossen wurde. So viel Aufmerksamkeit wollte ich gar nicht haben, schließlich waren wir wegen Elke hier.

Miriam Schönherr beteuerte, wie leid ihr das täte, und goss jedem eine Tasse Kaffee ein. »Dann sind Sie völlig allein? Haben Sie Geschwister?«

Ich verneinte.

»Einsamkeit kann schlimm sein«, sagte sie, stellte ein Tellerchen mit Einmalportionen Kaffeesahne und einen Zuckerstreuer in die Mitte des Tisches und setzte sich wieder. Die Leipziger Lerchen blieben unberührt. Mir knurrte der Magen, doch ich wollte nicht als Erste zugreifen. Es kam mir irgendwie nicht richtig vor.

»Ich fühle mich schuldig an Elkes Selbstmord. Ich hätte merken müssen, was sie vorhat. Wir haben oft geredet, aber scheinbar nie über ihre wahren Gefühle.«

Sie nahm die Zuckerdose, schüttete zweimal kräftig und rührte gedankenverloren in ihrer Tasse herum. Das Schaben des Löffels über den Porzellanboden klang zu laut in meinen Ohren, und ich hoffte inständig, dass sie aufhören würde. Sie stoppte das Rühren nicht, schaute weiter in die Tasse, als könne sie dort etwas sehen.

»In welchem Film waren Sie?«

Mir war nicht klar, was sie meinte, doch Tanja antwortete sofort. »Eine romantische Komödie. Mit Happy End.«

»Ja, so etwas mochte sie. Früher bin ich häufig mit ihr ins Kino gegangen. Sie mochte den ›Filmpalast‹, während ich lieber in die ›Passage‹ ging. Dann hab ich den neuen Job angefangen, und ich hatte keine Zeit mehr.«

Es wurde wieder still. Mein Magenknurren war deutlich zu hören.

»Ach du meine Güte. Sie haben Hunger. Ich hol schnell ein paar Teller. Sehr nett, dass Sie etwas mitgebracht haben, auch wenn ich gar keinen Appetit habe. Wir hätten auch gar nichts dagehabt. Aus Gewohnheit. Elke hat immer alles aufgegessen, sofort und alles auf einmal. Sie hat mit Essen, speziell mit den Mengen, ein Problem. Hat alles in sich hineingestopft. Ich wollte ihr helfen und habe nie auf Vorrat, sondern immer nur für eine Mahlzeit eingekauft. Ich bin in unserer Wohngemeinschaft für den Einkauf zuständig. Meine Schwester ist keine Hausfrau.«

Ich behielt meine Meinung für mich und fragte mich nur im Stillen, wofür sie überhaupt zuständig sein sollte.

»Warum hat Elke so viel gegessen? Warum konnte sie nicht aufhören? Hat sie mit Ihnen darüber gesprochen?«, fragte Tanja.

»Nein, nicht wirklich. Sie fühlte sich unwohl, aber in der letzten

Zeit hatte ich das Gefühl, dass sie besser mit allem zurechtkam. Sie hatte sich für den Bundesfreiwilligendienst beworben und eine Zusage bekommen. Es war schön zu sehen, dass sie Zukunftspläne machte. Sie hat auch erzählt, dass sie eine eigene Wohnung suche. Hat ein großes Geheimnis darum gemacht. Ich wusste nur, dass sie nicht allein wohnen wollte. Ich hab gedacht, sie hätte einen Freund gefunden, und mich riesig für sie gefreut. Wurde ja auch Zeit, Elke ist dreiunddreißig. Aber Genaues weiß ich nicht, denn so etwas durfte ihre Mutter nicht mitbekommen. Sie hätte sich nur lustig darüber gemacht.«

»Das Verhältnis zwischen den beiden war nicht gut, oder?«

»Nein. Es war schwierig, aber ich kann irgendwie auch Rebecca verstehen. Sie ist, was Männer angeht, sagen wir mal … sehr leichtsinnig. War sie schon immer. Elke war ein Produkt aus so einer Liaison. Als er wusste, dass er Vater wird, hat er sich aus dem Staub gemacht. Dann kamen eine Menge Kerle, deren Gesichter und Namen ich mir gar nicht erst gemerkt habe. Rebeccas nächste große Liebe war Elkes Trainer. Es schien alles rosig. Sie hat große Pläne gemacht, wenn Elke dann mal berühmt wäre. Na ja, und dann hat Elkes Körper nicht mitgemacht. Alle Träume lagen in Trümmern. Georg hat sich nicht mehr gemeldet. Seitdem macht Rebecca Elke für ihr verpfuschtes Leben verantwortlich. Das hat sie ihr nicht verziehen. Nie.«

»Wenn er es doch nur auf den Erfolg ihrer Tochter abgesehen hat, war er es ja wohl nicht wert, und sie sollte froh sein, dass sie ihn losgeworden ist!« Ich war empört. Außerdem war mir das Verhalten von Elkes Mutter unbegreiflich. »Lebt er noch? Was macht dieser Georg heute?«

»Georg Hille. Ja, er lebt noch immer in Leipzig. Hat Karriere gemacht. Früher war er am FKS beschäftigt.«

Ich zog eine Augenbraue hoch. »FKS?«

»Forschungsinstitut für Körperkultur und Sport. Es war eine wissenschaftliche Einrichtung an der Hochschule für Körperkultur, hier in Leipzig. Dort wurden die Sportler betreut und beraten, wie sie ihren Körper am besten trainieren, um die Konkurrenz abzuhängen. Nach der Wende hat er mit einem Kollegen ein Gesundheitsinstitut in Leutsch eröffnet. Ein ganz nobles Ding, und es scheint gut zu laufen. Ab und zu sehe ich ihn in Zeitschriften abgebildet, wenn er mit Dr. Sauer eine Spende an ein Kinderheim übergibt. So als könnte er kein Wässerchen trüben.«

Ich schnappte nach Luft. »Dr. Sauer?«

»Ja, in Leutsch befindet sich diese Privatklinik. Haben sich auf so komische Kurse und Behandlungen für reiche Manager spezialisiert. Scheint ja gut zu gehen. Obwohl, da fällt mir ein, dass dieser Sauer gerade erst gestorben ist.«

Tanja begriff plötzlich, was mich so schockierte. »Ist das …?«, fragte sie, und ich konnte nur mit dem Kopf nicken.

»Ja.«

Mehr sagte ich nicht. Mein Verstand arbeitete wieder. Gab es hier Verbindungen? Der verstorbene Herr Brand hatte von Leistungssport gesprochen. Meine Mutter war laut seiner Aussage eine gute Sprinterin gewesen. Das konnte doch alles kein Zufall sein!

Wir tranken noch einen Kaffee und schwiegen einen Moment. Tanja durchbrach die Stille plötzlich: »Wie haben Sie das gemeint, dass Sie für Elkes Tod verantwortlich sind?«

Tanjas Stimme war zu laut, die Frage zu direkt. Es klang, als habe sie die ganze Zeit überlegt, wie sie sie am geschicktesten stellen sollte, und dann den richtigen Moment verpasst. In meinen Mund hatte ich gerade einen Bissen des Mürbeteiggebäcks und verschluckte mich. Niemand klopfte mir auf den Rücken oder reichte mir ein Glas Wasser. Tanja und Elkes Tante schauten sich in die Augen, bis Miriam den Blick senkte. Dann stand sie langsam auf und ging zur Kaffeemaschine. Sie blieb, ohne ihre Tasse oder unsere aufzufüllen, regungslos stehen, beide Arme auf der Arbeitsplatte aufgestützt. Ich unterdrückte einen Hustenreiz.

»Wir führten eine Diskussion. Über das Sterben. Es erscheint mir jetzt makaber. Aber ich sagte ihr, dass ich nicht leiden wollte. Wenn ich merken würde, dass mein Leben nicht mehr lebenswert wäre, würde ich mir das Leben nehmen. Was bleibt denn, wenn man ein Wrack ist und niemand einen liebt?«

Sie drehte sich um, blickte uns abwechselnd an. »Ich hab dabei an die vielen alten einsamen Menschen gedacht, aber sie hat meine Worte wohl auf sich selbst bezogen. Sie hat sich nichts anmerken lassen und aß einfach weiter. Nie wieder hat sie das Thema angeschnitten. Aber als ich erfuhr, dass sie sich vom Völki gestürzt hat … Es war, als hätte ich neben ihr gestanden und ihr den tödlichen Stoß verpasst. Es ist meine Schuld.« Tränen liefen ihr übers Gesicht.

Tanja stand auf. Sie ging langsam auf die fremde Frau zu und nahm sie in den Arm. »Und ich bin der Grund gewesen, warum sie sich ungeliebt fühlte. Ich habe sie abgewiesen«, flüsterte sie.

Ich konnte nichts sagen. Auch ein Kopfnicken war unangebracht. Aber ich wusste ganz genau, wie sich die beiden fühlten.

32

»Sauers Tod passt nicht in das Muster. Immer vorausgesetzt, der Pfleger Claas Saale hat recht mit seinem Gespenst von einem Serienmörder. Das Obduktionsergebnis von Brand liegt noch nicht vor, aber mein Gefühl sagt mir, dass das kein natürlicher Tod war. Bei Sauer ist es eindeutig. Haben wir nun einen Serienmörder? Ehrlich gesagt, ich fürchte mich vor dem Gedanken. Es darf auf keinen Fall an die Presse kommen, die zerreißen uns in der Luft. Wir lassen also das Gespenst von Todesengel erst mal außen vor, behalten es nur im Hinterkopf als Möglichkeit. Einverstanden?«

Camilla und Tom nickten. Staufenberg saß auf dem Drehstuhl und fühlte sich nach der Magenspiegelung immer noch etwas benebelt. Normalerweise halfen ihm leichte Drehungen auf dem Stuhl beim Nachdenken, jetzt hielt er krampfhaft das Gleichgewicht, damit ihm nicht übel wurde. Von Camilla erntete er mitleidige Blicke. Sie hatte ihn abgeholt, da sich die Schwester in der Arztpraxis nicht auf einen Taxifahrer eingelassen hatte. Sie hatte auf eine Person bestanden, die ihn tatsächlich aus den Praxisräumen eskortierte. Camilla war so nett gewesen, obwohl sie ihm während der Fahrt Vorwürfe gemacht hatte.

»Du immer mit deiner Geheimniskrämerei. Hättest du nicht mit mir sprechen können? Stattdessen musste ich nun alles stehen und liegen lassen. Du machst mich manchmal wahnsinnig!«

Staufenberg hatte nichts erwidert. Natürlich hätte Camilla ihren Chef und seine Sorgen verstanden, aber dann hätte er schon viel früher von seinen Magenproblemen erzählen müssen. Und sie hätte alles aus ihm herausgekriegt. Ihr konnte er nichts vormachen, sie spürte, wenn er ihr etwas vorenthielt oder sie gar belog. Es war schon paradox: Im Verhör bewahrte Staufenberg sein Pokerface, Camilla aber las in ihm wie in einem offenen Buch. Fast wie Klara. Er verbot sich den Gedanken sofort.

Als ihn Camilla stützend, unter Aufsicht der Arzthelferin, zum Auto führte, schlug sie ihm vor, ihn nach Hause zu bringen. Das lehnte er ab. Ihm lief die Zeit davon. Er musste ans Ziel kommen.

Nach seiner Pensionierung blieb genug Gelegenheit zum Ausruhen. Jetzt saß er im Büro und ignorierte den skeptischen Blick, mit dem ihn Camilla ab und zu bedachte.

Er resümierte unbeeindruckt weiter: »Wir konzentrieren uns erst einmal auf einen Toten. Und zwar Ewald Sauer. Der Obduktionsbericht ist eindeutig, er ist mit dem Kissen erstickt worden. In Sauers Lungenbläschen hat man winzige Fasern des Kopfkissens gefunden, das am Tatort lag. Ansonsten tappen wir völlig im Dunkeln. Keine Spuren, keine DNS. Auf dem Flur stand ein Wagen mit Einwegkittel, Handschuhen et cetera. Da hat sich der Täter wohl bedient. Wir können von jemandem ausgehen, der Erfahrungen im Krankenhaus hat, sei es als Schwester, Pfleger oder Ähnliches. Aber warum das Ersticken? Warum hat er keine tödliche Dosis irgendeines Medikaments verabreicht, das sich nach nur wenigen Stunden im Körper nicht mehr nachweisen lässt? Das wäre doch viel einfacher gewesen.«

Staufenberg machte einen Moment Pause, legte den Kopf in den Nacken und schloss die Augen. »Die ganzen Begleitumstände sind anders«, gab er sich selbst die Antwort auf seine Frage. »Der familiäre und finanzielle Hintergrund. Er hat Familie, die sich um ihn kümmert, ist ein reicher Arzt, der noch mitten im Leben steht. Versteht ihr das? Habt ihr irgendwelche Ideen, Vermutungen?«

Weder Tom noch Camilla reagierten. Als Staufenberg die Augen öffnete, richtete sich sein Blick auf die Kollegin. »Wie weit bist du denn mit Sauers Lebenslauf?«

»Ich habe eigentlich nichts Auffälliges gefunden. Er wurde 1950 hier in Leipzig geboren. Leibniz-Oberschule, dann erweiterte Georgi-Dimitroff-Oberschule. Abitur, Grundwehrdienst in der NVA. Studium der Humanmedizin an der Karl-Marx-Uni, Approbation Juli 1976. Danach hat er hat sich auf Orthopädie spezialisiert. Promotion, Facharzt. Er hat aber nie praktiziert, sondern lieber geforscht. 1977 hat er einen Job an der Sporthochschule bekommen und ist kurz darauf nach Russland an ein Forschungsinstitut gegangen. 1983 kam er zurück. Er hat Rosalia Brehme kennengelernt und kurz darauf geheiratet. Neun Monate später ist er zum ersten Mal Vater geworden. Enrico. Ein Jahr später kam Franco zur Welt.«

»Hat die Mutter irgendwie südländische Wurzeln? Die Namen der Söhne klingen so spanisch.«

»Nein, hab keinen Hinweis gefunden. Vielleicht liebt sie einfach Spanien?«

»Was ist mit dieser mysteriösen Geschichte rund um den Anruf bei Jessica Laumann? Wie passt sie da hinein? Welche Verbindung besteht zwischen Jessica Laumann, ihrem Vater und der Familie Sauer?«

»Tja, das ist alles ein großes Mysterium. Christine Laumann ist im Mai 1976 in den Westen geflohen. Im Oktober wurde ihre Tochter Jessica in Neuss geboren. Ich weiß nicht, wo sich Berührungspunkte finden. Die Mutter ist erst bei ihren Großeltern aufgewachsen, als diese starben, kam sie ins Heim. Dort ist ein, na ja, heute sagt man wohl Talentscout auf sie aufmerksam geworden, und man hat sie in die Leichtathletikgruppe gesteckt. Sie hat gute Zeiten erreicht, war aber kein Superstar. Gut, doch nicht gut genug. Trotzdem hat man sie jahrelang in dem Programm gelassen, und dann ist sie verschwunden. Da muss sie schon schwanger gewesen sein, denn sechs Monate später kam ihre Tochter zur Welt. Wenn Ewald Sauer den Vater kennt, kann das eigentlich nur im sportlichen Umfeld gewesen sein.«

Staufenberg schaute aus dem Fenster und überlegte. »Was wissen wir über den Vater, Erich Kummerer?«

»Bis jetzt noch nicht viel. Laut Akte ist er 1950 geboren, auch Abitur, alles ganz normal. Hat vieles ausprobiert, bis er als Trainer hier an der Hochschule untergekommen ist. Nach Christines Flucht ist er ins Gefängnis gekommen. Und dort ist er am 21. Mai 1983 gestorben. An einer Lungenentzündung, steht hier. Aber ich warte auf die Akte aus dem Justizkrankenhaus. Ich habe sie angefordert.«

»Der Altersunterschied zwischen Christine Laumann und Kummerer war ganz schön groß, oder?«

»Manche Mädchen stehen auf ältere Männer. Vor allem Heimkinder. Vaterersatz und so.« Camillas Wangen färbten sich rot. »Kummerer ist 1950 geboren, Christine 1962. Zwölf Jahre sind viel, aber nicht unnormal.«

»Kommt drauf an, oder? Bei einer Vierzigjährigen spricht nichts dagegen, wenn sie sich mit einem Mittfünfziger zusammentut. Aber bei einer Sechzehnjährigen sieht es für meinen Geschmack anders aus. Christine muss mit siebzehn schwanger geworden sein, vielleicht hat sie ihn ein, zwei Jahre vorher kennengelernt. Da war sie ein Kind, na ja, ein Teenager. In welchem Heim war sie?«

»Sonnenblick. Das ist heute ein Industriegebiet. Das Gebäude wurde abgerissen und ist Büroräumen gewichen.« Camilla setzte hinzu: »Ich kümmere mich drum, versuche Ehemalige aufzuspüren. Ich bin selbst neugierig, wie das alles zusammenhängt.«

»Neugierig? Ja, in der Tat. Irgendetwas übersehen wir. Und irgendwo gibt es jemanden, der die Zusammenhänge kennt.«

»Vielleicht war Brand so jemand? Dieser alte Mann, von dem Jessica Laumann gesprochen hat. Und vielleicht ist er deshalb gestorben? Er hat doch diese Andeutungen gemacht. Was, wenn es tatsächlich Jessicas Mutter war, von der er gesprochen hat? Dann hängen die beiden Todesfälle zusammen. Diesen Todesengel können wir dann getrost vergessen.«

»Wenn es kein natürlicher Tod war. Alte Menschen sterben, und Brand war alt und krank. Ach, verdammt noch mal, das ist doch alles zum Aus-der-Haut-Fahren!«, rief Staufenberg auf einmal. »Ich will diesen Fall lösen.«

Genauso schnell, wie sein Ausbruch gekommen war, verflog er wieder. »Entschuldigt. Das Ganze gefällt mir überhaupt nicht. Mir bleibt nicht viel Zeit. Zwei Sachen hab ich noch. Habt ihr herausgefunden, was Sauer nach der Hochzeit und der Geburt seiner Söhne gemacht hat? Gab es da etwas Besonderes?«

»Sauer blieb unauffällig und war bis zur Wende an der Hochschule beschäftigt. Ein halbes Jahr später hat er mit einem Kollegen dieses Gesundheitsinstitut aufgebaut. Und das Zweite?«, fragte Tom.

»Was meinst du? Ach ja. Liegen die Ergebnisse der Verbindungsprotokolle vor? Ihr wisst, die Anrufe in dem Leutscher Institut. Bringt uns das weiter?«

»Leider nein«, sagte Tom. »Das ist eine vollkommen private Fehde von diesem Hille. Aus seinem Liebesleben, stell dir vor. Er hat eine Frau abgewiesen. Sie fand es wohl befriedigend, dort anzurufen. Es gibt aber keinerlei Verbindungen zu Sauer. Ich sag ja immer: Nichts ist schlimmer als eine verschmähte Frau.«

Camille stemmte ihre Hände in die Hüfte. »Na, du musst es ja wissen!«

Staufenberg unterbrach die beiden. »So weit, so gut. Tom und du, ihr recherchiert in dem Heim und an der Hochschule. Ich nehme mir noch mal diesen Hille vor.« Staufenberg schloss die Augen und nickte. »Vielleicht bringt er Licht ins Dunkel. »Ja, so machen wir das. Ich fahre nach Leutsch.«

33

Es war ein langer, aufregender Tag gewesen. Magenspiegelung, die Angst vor dem Eingriff, und nun folgte das bange Warten auf die Ergebnisse. Staufenberg verbot sich, daran zu denken. Viel mehr beschäftigte ihn das Gespräch mit Georg Hille. Wenn er diesem Pseudoarzt, wie er ihn in Gedanken nannte, glauben konnte, war er, Lorenz Staufenberg, ein menschliches Auslaufmodell. Er saß in seinem Fernsehsessel, hielt eine Flasche Köstritzer in der Hand und dachte an das Gespräch mit Hille. Es hatte ihn mehr aufgeregt, als er zugeben wollte.

»Ja, Sauer und ich haben an der Sporthochschule hier in Leipzig gearbeitet. Ich hab immer nach Talenten Ausschau gehalten. Ich war Schwimmtrainer, und mir hat die Arbeit viel Spaß bereitet. Die jungen Mädchen konnte man formen, in die richtige Richtung beeinflussen. Während der DDR-Zeit standen uns alle Möglichkeiten zur Verfügung, wir hatten freie Hand. Nur die Erfolge waren wichtig. Wie wir dahin kamen, interessierte niemanden. Es war eine schöne Zeit.«

Staufenberg hatte mit wachsendem Unmut zugehört, als Hille die damals gängigen Praktiken aufzählte. Er hatte an die Frau vom Völkerschlachtdenkmal denken müssen.

»Sagt Ihnen der Name Schönherr etwas? Elke?«

Hille verneinte. »Müsste ich die kennen? Der Name sagt mir nichts, sie war nicht bei Olympia, oder? An die kann ich mich alle erinnern.«

»Nein, so weit ist sie nicht gekommen.«

Staufenberg hakte nicht weiter nach. Es war offensichtlich, dass für Hille nur Titel zählten und er sich wirklich nicht an seine ehemalige Schülerin erinnern konnte. Kalt wie eine Hundeschnauze.

»Sie reden von leistungssteigernden Mitteln. Amphetamine, Anabolika, Steroide?«

Wieder erklang dieses selbstgefällige Lachen. »Nein, natürlich nicht. Wir dopen nicht. Das wäre strafbar. Aber eine Zugabe von individuellen Mischungen an Mineralstoffen und Vitaminen inklusive eines auf den Menschen abgestimmter Ernährungsplans bringt erstaunliche Verbesserungen. Der Erfolg zählt. Das ist doch heute noch viel mehr gefragt als früher. In einer Leistungsgesellschaft wird erwartet, dass man perfekt funktioniert. Sauer verfügte über großes Wissen diesbezüglich. Er arbeitete im Forschungsinstitut für Körperkultur und Sport. Wie profitieren hier von seinen Kenntnissen. Oder eher: profitierten.«

Staufenberg nickte, ohne etwas zu verstehen. »Wie meinen Sie das?«

»Unser Institut ist ein Ort, an dem ausgebrannte Manager, Banker und Wirtschaftsbosse ihre Akkus aufladen. Wir analysieren das Blut, schauen, welche Substanzen fehlen, um einhundertfünfzig Prozent geben zu können. Nahrungsergänzungsmittel heißt das Zauberwort. Nach maximal einer Woche sind die Herrschaften wieder in der Lage, ihrem Job nachzugehen. Und falls ein bisschen zu viel Fett über den Hosenbund schaut, können wir, seit Dr. Klühspieß hier ist, auch das beheben. Dann dauert der Aufenthalt bei uns etwas länger und kostet etwas mehr, aber der Patient verlässt uns noch vollkommener!«

Hilles Begeisterung sprühte aus jeder Pore. Staufenberg schüttelte den Kopf.

»Heißt das, dass Sie hier Ihre Dopingerfahrungen«, er unterbrach sich, »Entschuldigung. Ich meine natürlich Ihre Erfahrungen mit Nahrungsergänzungsmitteln, die Sie zu DDR-Zeiten gesammelt haben, zu Geld machen?«

Das Lachen des Arztes erklang schon wieder in seinen Ohren. »Was für eine treffende Formulierung! Ja, so ist es. Genial, oder? Natürlich läuft das alles etwas anders als früher. Bei uns muss niemand Muskeln aufbauen, bei uns geht es darum, das Gehirn zu Höchstleistungen anzustacheln. Natürlich muss der Rest des Körpers ebenfalls funktionieren. Jeder Kunde wird erst einmal gründlich untersucht. Wir stellen fest, wie der Stoffwechsel arbeitet, wie freie Radikale abgefangen werden. Stressminimierung. Aufgrund diverser Blutuntersuchungen erstellen wir einen individuellen Behandlungs- und Bewegungsplan. Und der Erfolg gibt uns recht. Es ist sehr lukrativ. Für beide Seiten.«

»Was ist mit Nebenwirkungen? Gesundheitlichen Schäden? Was können Sie über Spätfolgen sagen?«

Hille lächelte süffisant. »Wie gesagt, wir haben in der DDR viel gelernt, und Dr. Sauer war ein Experte auf dem Gebiet. Was glauben Sie denn, wie ein Wirtschaftsboss seinen Zwanzig-Stunden-Tag schafft, sechsmal die Woche, an fünfundzwanzig Tagen im Monat? Da brauchen Sie Energie, die Sie nach vorn bringt. Ihre Zeit ist zu kostbar zum Schlafen. Wir kriegen das hin. Deshalb kommen die Menschen zu uns.«

»Gab es nie Komplikationen bei Ihren Patienten? Oder sollte ich besser ›Kunden‹ sagen?«

»Natürlich nicht. Wie kommen Sie denn darauf?«

Staufenberg hatte genug gehört und das Gespräch beendet. Er glaubte Hille kein Wort. Es war ein offenes Geheimnis, dass zu DDR-Zeiten gedopt wurde, auch wenn es niemand zugab. Er schüttelte sich, als er jetzt an Hilles selbstgefälligen Gesichtsausdruck dachte, und hörte mit einem Ohr den wichtigsten Nachrichten des Tages zu.

In New York war der UN-Sicherheitsrat zu einer Dringlichkeitssitzung wegen Syrien zusammengekommen. Der Dow Jones hatte etwas zugelegt, und die Finanzmittel des Internationalen Währungsfonds würden aufgestockt werden. Die Mutter des toten Säuglings war gefunden worden. Eine Einundzwanzigjährige aus Hoyerswerda. Ein Zeugenhinweis im Zuge der Fernsehsendung Kripo Live hatte die Ermittler auf die richtige Spur gebracht. Was für eine Welt. Milliarden wurden für den Rettungsfonds bereitgestellt, doch eine junge Frau ließ man im Regen stehen. Aber das war seine ganz persönliche Meinung.

Staufenbergs Gedanken schweiften in die Vergangenheit. Natürlich hatte es Kindstötungen auch in der DDR gegeben. Das Böse lag nicht im System der Regierung, sondern im Menschen selbst. Auch wenn die Obersten der Welt hatten glauben machen wollen, dass es in der DDR kaum Verbrechen gab. Es war seltsam, er hatte seinerzeit nicht glauben wollen, dass die DDR dem Ende zuging. Die Demonstranten nicht verstanden, war hin und her gerissen gewesen zwischen Pflichtgefühl und Neid. Sie hatten sich eine Freiheit genommen, die sein Job ihm nicht ermöglicht hatte.

Damals hatte er auch vor dem Runden Eck gestanden, und gebetet, dass niemand nervös am Abzug spielte und irgendwann durchdrehte. Auf dem Platz waren sie, Massen von Leipzigern. Zögernd und dennoch entschlossen. Scharfschützen versteckt auf den Dächern. Es brodelte, niemand wusste mehr als er, wie knapp sie alle der Katastrophe entgangen waren. Es gab unterschiedliche Auffassungen, warum nichts passiert war. Fakt war, dass sich niemand in der Lage gesehen hatte zu schießen. Es hatte unzählige Depeschen an Entscheidungsträger gegeben, die wiederum nichts entscheiden wollten oder konnten und sie zum nächsthöheren Vorgesetzten weitergereicht hatten.

Bis es zu spät war.

Alles, was danach passierte, war Geschichte. Die DDR-Vergangenheit. Auch Staufenberg hatte sich in einem Freudentaumel befunden, bis dieser Anruf kam. Erst viel später begriff er, dass alles schon viel früher begonnen hatte. Die Aufräumarbeiten, wie man es auch nennen konnte.

Die Gerüchteküche brodelte Oktober 1989. Die Stimmung bei der Kriminalpolizei war gespannt. Umstrukturierungen waren an der Tagesordnung. Einer seiner Vorgesetzten, den Namen hatte er nicht mehr parat, es gab zu viele, rief ihn zu sich.

Er sollte Akten vernichten. Man brauche sie nicht mehr, erklärte ihm der Vorgesetzte, an dessen Uniform er sich erinnern konnte, nicht aber an das Gesicht. Einheitsgesichter. Wäre sein damaliger Dienstherr im Polizeidienst geblieben, hätte man dann erfahren, dass Staufenberg den Befehl nicht ausgeführt hatte? Fast die Hälfte der ehemaligen Volkspolizisten hatte nach dem Zusammenbruch der DDR gehen müssen. Er hatte nicht dazugehört. Und jetzt war sein Dienst fast zu Ende. Er hatte alles überstanden, überlebt.

Die Akten. Er hatte sie immer noch. Als er damals mit dem Stapel in sein Büro zurückgekehrt war, klingelte das Telefon. Andere wichtige Dinge mussten sofort erledigt werden. Die Papiere legte er zu seinen persönlichen Unterlagen und vergaß sie. Irgendwann kamen sie zu den anderen im Keller des Präsidiums. Und dort lagen sie noch immer. Camilla hatte ihm gesagt, dass in den nächsten Tagen ein abschließbarer Container zur Aktenvernichtung angeliefert würde. »Zeit zum Aufräumen«, hatte sie ihm lachend erklärt.

Sie hatte recht, er hätte es schon vor langer Zeit tun sollen. Doch jetzt, da sein Dienst beinahe Vergangenheit war, würde er es endlich angehen. Die ganzen privaten Aufzeichnungen, Überlegungen, die er nie hatte wegwerfen können und wollen – jetzt war es an der Zeit. Und dazwischen befanden sich diese Blätter, auf denen, soweit er sich erinnerte, hauptsächlich Namen und Daten gelistet waren. Ja, es war Zeit, sein Leben zu ändern, die alten Zöpfe abzuschneiden. Er war endlich beim Arzt gewesen, bereitete sich auf eine gesunde Ernährung vor und freute sich von ganzem Herzen auf seinen Schrebergarten.

Aber noch war es nicht so weit. Er stand auf, ging zum Kühlschrank und holte sich ein weiteres Bier. Mittlerweile hatte ein Krimi im Fernsehen begonnen. Er schaute, wie seine TV-Kollegen Fälle in fünfundvierzig Minuten lösten, und seufzte tief. Er hatte noch ein paar Tage.

»Saale«, murmelte er vor sich hin. Der Großvater des jungen Pflegers Claas. Er lehnte in seinem Sessel zurück und dachte nach. Er hatte nicht gern mit Geheimen zusammengearbeitet. Meist waren es Verurteilte und Kleinverbrecher. Natürlich hatten alle Decknamen. So wie Klaus. Ein schmieriger Typ, dem es Freude bereitet hatte, andere zu bespitzeln. Er hatte seine Finger in einem ganz unappetitlichen Fall von Grabschändung gehabt. Eine Gruppe von Kriminellen hatte in alten Familiengräbern am Leipziger Friedhof nach Zahngold gesucht. Staufenberg schüttelte sich. Das war einer der ekeligsten Fälle gewesen, an dem er gearbeitet hatte. Diesen Klaus hatte man als geheimen Mitarbeiter rekrutiert, und Staufenberg hatte ein paarmal mit ihm zu tun gehabt. Nach jeder Begegnung mit ihm hatte er das Gefühl gehabt, er müsse sich die Hände waschen. Dieser wabbelige, weiche Händedruck. Feucht und kalt. Wie ein toter Fisch.

Dann erinnerte er sich an Saale. Oder ›Moschus‹. Der war anders gewesen. Unauffällig. Er war in diesen Kunstdiebstahl verwickelt gewesen. Ein kleines Licht. Man nahm ihm seine Reue ab und stellte ihn als inoffiziellen Mitarbeiter ein. Als Wiedergutmachung am System.

Das nächste Bier war ausgetrunken, und Staufenberg holte sich eine neue Flasche. Im Schrank fand er noch eine Tüte Chips, die er mit ins Wohnzimmer nahm.

Er schaute zum Kalender, bald war es zu Ende. Und das war gut so.

34

Staufenberg ging früh ins Büro. Wie erwartet waren weder Camilla noch Tom da. Er kochte sich einen Kamillentee und begab sich in den Keller. Es musste sein.

Seine Kisten standen ganz hinten links in der Ecke. Völlig unauffällig. Er knipste das Licht an, hier war es duster. Gitterstäbe vor dem kleinen Fenster schluckten das Tageslicht. Das Fenster zeigte nach Norden, kein Sonnenstrahl verirrte sich hierher. Es roch muffig. In einer Ecke raschelte es. Staufenberg zuckte zusammen und hoffte, dass das keine Maus gewesen war. Mit einer Hand wischte er Spinnweben fort.

Da waren sie. Camilla hatte die Kartons mit ›LS‹ beschriftet. Er hatte mit weniger gerechnet. Aber Camilla hatte alles sorgsam verpackt und hierherverfrachtet. Eigentlich albern, dachte er, aber irgendwann in der Vergangenheit hatte er einmal davon geträumt, ein Buch zu schreiben, wenn er in Pension gehen würde. Deshalb hatte er überhaupt alles aufgehoben. Und dann war der Wunsch verblasst, doch das Aufheben der Memos und privaten Notizen hatte er nicht lassen können. Camilla hatte diesen Ort gefunden und sich um alles gekümmert. Sie würde er vermissen. Camilla. Die Kisten und die Arbeit sicher nicht.

Es waren fünf Kartons. Er überlegte, ob es wenig für so viele Jahre Polizeidienst waren, und öffnete den ersten. Es war einer dieser Umzugskartons für Bücher, bis oben gefüllt mit DIN-A4-Blättern. Staufenberg schmunzelte, als er das erste in die Hand nahm. Galgenmännchen hatte er gemalt. Die kritzelte er immer auf irgendeinen Block, wenn er mit einem Vorgesetzten telefonierte. Es ging um den Antrag eines neuen Bürostuhls. Er hatte drei Formulare ausfüllen müssen, dank neuer interner Richtlinie, die die Bürokratie abbauen und die Budgetplanung unterstützen sollte.

Er lachte, als er an das Gesicht seines Chefs dachte, als er eines Tages mit einem eigenen Stuhl ins Büro gekommen war. Er hatte aufgegeben und sich einfach den gekauft, den er haben wollte.

Damit war die Angelegenheit für ihn erledigt gewesen. Für die anderen nicht sofort, doch das hatte Staufenberg ausgesessen. Auf seinem neuen Stuhl.

Er überlegte, ob er die Kisten mit nach oben nehmen sollte, um dort zu ordnen – oder doch lieber hierbleiben? Nein, weder noch. Er beschloss, die Unterlagen mit nach Hause zu nehmen und dort in Ruhe zu sortieren. Er gab es ungern zu, doch Keller waren ihm nicht so ganz geheuer.

Er hievte die Kartons auf einen Aktenwagen, den Camilla schon vor Tagen für ihn organisiert hatte, und fuhr in sein Büro.

Camilla saß an ihrem Platz und grüßte überschwänglich. Als sie den Wagen entdeckte, grinste sie schief. »Was hast du vor? Doch das Buch schreiben?«

Er zuckte mit den Schultern. »Hast du etwas herausgefunden?«

»Kann sein. Die Beschreibungen von den Klassenkameraden Sauers weichen massiv von denen der Mitarbeiter an der Hochschule ab. Es scheint, als habe er eine grundlegende Verwandlung vollzogen.«

»Wie meinst du das?«

»Die einen beschreiben ihn als schüchternen jungen Mann, introvertiert, Typ Gelehrter. Die anderen sprechen von einem selbstbewussten Teufelskerl, der Vorträge gehalten hat, auffällige Kleidung trug und Schüchternheit nur vom Wort her kannte. Ich bleib dran. Und dann habe ich noch einiges über die Mutter von Jessica Laumann herausgefunden.«

Camilla war es gelungen, die damalige Leiterin des Heimes, in dem Christine Laumann nach dem Tod ihrer Eltern aufgewachsen war, ausfindig zu machen und aufzusuchen. Eine alte Frau, die mit fast neunzig Jahren noch in ihrer eigenen Wohnung lebte.

»Ich hab sie gestern besucht, und sie konnte sich genau an das Mädchen erinnern. Sie hat sogar Kopien der Beurteilungen ihrer Schützlinge aufbewahrt. Nicht nur du hebst alles auf!«, lachte sie. »Das ist echt eine bewundernswerte Frau. Sie hat so viel erlebt. Überleg mal. Hitler, die Kriege, die Nachkriegszeit, Aufbau und Fall der DDR. Ich hätte mich stundenlang mit ihr unterhalten können. Aber die Zeit läuft uns ja davon.«

Als Chef fand Staufenberg Camillas Begeisterungsfähigkeit störend, weil sie sie meist vom direkten Weg abbrachte. Andererseits sorgte die Kollegin mit ihrem Enthusiasmus oft für eine andere Sicht auf den Fall – häufig auch für die Lösung. Also ließ er sie reden.

Er nahm die Schriften der Frau und blätterte in ihnen herum. Christine Laumann wurde als verschlossener Mensch beschrieben. Verbissen, eine Einzelkämpferin. In ihrer Anfangszeit war sie ein Wirbelwind gewesen, eine, die gegen alles und jeden war, später passte sie sich an. Der Sport half, sie war eine sehr gute Einhundert-Meter-Läuferin, allerdings ohne jeglichen Teamgeist. Ihre Schulnoten waren mittelmäßig, mit Tendenz nach unten, obwohl sie über einen überdurchschnittlichen Intelligenzquotienten verfügte. Christine machte alles mit, was der DDR-Staat forderte, stand aber nicht dahinter. Der Sport tat ihr gut, selbst in der Pubertät blieb sie unauffällig. Sie war allerdings nicht gut genug, um ganz nach oben zu kommen. Es gab Gerüchte, dass sie sich mit dem Trainer eingelassen hatte, aber es blieb beim Gerede. Und dann war sie plötzlich verschwunden. Die Gerüchteküche brodelte weiter. Angeblich sollte sie von dem Trainer, Erich Kummerer, geschwängert worden und in den Westen abgehauen sein, in der Hoffnung, dass er ihr folgen würde. Das stimmte mit Jessicas Erzählungen überein.

»Sag mal Camilla, was wissen wir über die Sporttrainer, speziell Schwimmen und Leichtathletik an der Sporthochschule?«

Sie atmete tief ein. »Tja. Kein Ruhmesblatt. Die Deutsche Hochschule für Körperkultur wurde bereits 1925 gegründet. Die allererste dieser Art in Deutschland. 1950 nahm die DHFK ihren Ausbildungsbetrieb auf. Typisch, diese ganzen Abkürzungen. 1964 kam das Sportmedizinische Institut dazu. Kennen wir ja alle: Talentschmiede DDR. Der einzige Weg, um für das System Werbung zu machen, waren die sportlichen Erfolge. Alles wurde generalstabsmäßig geplant. Trainer wurden ausgebildet. Die enge Zusammenarbeit von Lehre und Forschung sowie Theorie und Praxis garantierte diesen Erfolg. Hier, ich les dir mal die Anforderungen vor, die man an die Trainer stellte.«

Sie blätterte in ein paar Papieren, dann hob sie die Stimme an und las, wobei sie in einen breiten sächsischen Dialekt verfiel:

»›Sozialistische Erziehung der Sportler zu Bürgern der DDR, die vorbildliche Leistungen im Sport und Beruf nachweisen‹, äh, Moment, hier geht es weiter. ›Systematische Förderung der sportlichen Ausbildung und Erziehung von Kindern und Jugendlichen‹. Auch schön: ›Ständige politische, fachliche und pädagogische Weiterbildung durch vorgesehene Lehrgänge‹ sowie ›Vorbildliches Verhalten innerhalb und außerhalb des Trainingsprozesses‹. Das steht im Gesetzblatt der DDR Teil 1, 1958, Nummer 25.«

»Wann hat Kummerer, Jessicas Vater, dort gearbeitet?«

»Von 74 bis 76. Kurz nach Christines Flucht wurde er als Fluchthelfer inhaftiert. Er starb im Gefängnis. Das stimmt alles. Und doch …« Sie hielt inne.

»Was meinst du?«

»Irgendetwas ist da nicht koscher.«

Staufenbergs Handy klingelte. Als er abnahm, verfinsterte sich sein Gesicht. »Sag nicht, dass wieder jemand gestorben ist!«

Camilla und Tom blickten erstaunt auf.

»Zum Glück. Ja, in Ordnung. Ich komme. In zehn Minuten bin ich da.« Staufenberg legte auf und blickte seine Mitarbeiter an. »Das war Claas Saale. Aber keine Angst, kein Mord. Sein Großvater möchte mich sprechen. Er hat früher als inoffizieller Mitarbeiter für die Kripo gearbeitet. Er hat etwas für mich, was den Sauer betrifft.«

35

Staufenberg beschloss, zu Fuß zur Wohnung des alten Saale zu gehen. Er nahm seine neuen Vorsätze ernst. Außerdem halfen frische Luft und Bewegung beim Nachdenken.

Zwanzig Minuten später stand er vor der Tür. Claas begrüßte ihn aufgeregt. »Opa hat sich in Schale geworfen. Er freut sich, dass Sie zugesagt haben. Ich habe Kaffee gekocht und Kuchen gekauft. Marmorkuchen. Ich hoffe, Sie mögen den.«

Staufenberg bezweifelte in diesem Moment, dass dieses Treffen eine gute Idee war und ihn irgendwie weiterbringen würde. Er tröstete sich mit dem Gedanken, dass er wenigstens eine gute Tat beging. Und vielleicht hatte der alte Saale doch etwas aufgeschnappt, was wichtig für diesen Fall war.

Die Begrüßung war herzlich und rührte Staufenberg sehr. Der alte Mann saß da und reichte ihm die Hand. »Sie waren immer ein Guter. Sie erinnern sich bestimmt nicht mehr an mich.«

»Doch, natürlich«, beeilte sich Staufenberg zu sagen.

»Ich hab nicht mehr viel Zeit und werde es deswegen kurz machen. Junge, geh mal schauen, wo meine blaue Strickjacke ist. Mir wird kühl.«

Claas wollte widersprechen, verschwand dann aber sichtlich verstimmt, als er den entschlossenen Gesichtsausdruck seines Großvaters sah.

»Der Junge muss nicht alles wissen. Ich kann mich noch gut an die Zeit kurz vor der Wende erinnern. Sie sicher auch, oder?«

Staufenberg nickte. »Damals machten Gerüchte, sich widersprechende Anordnungen und Befehle die Runde. Ein verirrter Haufen von Staatsdienern, denen die Ordnung abhandengekommen war. Wir waren ein Teil davon, und ich habe wie alle anderen gehofft und erwartet, dass die da oben alles richten würden.«

»Ich gehöre zu denen, die die DDR damals gern wiedergehabt hätten«, sagte Saale. »Das ist zum Teil bis heute noch so. Ich gebe aber zu, es hat mehr damit zu tun, dass ich, je älter ich werde, keine Veränderung mehr mag. Hab zu viel gesehen. Zu viel geglaubt und mich zu oft verrannt. Damals hab ich nicht das Gefühl gehabt, in einem Unrechtsstaat zu leben. Fand es gut, dass man mich zur Wiedergutmachung mithelfen ließ, Verbrechen aufzudecken. Wenn auch nur als geheimer Mitarbeiter.«

An seiner Schläfe pochte eine dunkle Ader. Das Reden strengte ihn an. »Und deshalb hab ich auch geschwiegen. Aber als mir Claas von dem Sauer erzählt hat, da wurde ich hellhörig. Ich bin nicht stolz auf das, was ich getan hab, nie gewesen, und ich hab meine Strafe abgesessen. Da hab ich den auch kennengelernt.«

»Wen haben Sie wo kennengelernt?«, fragte Staufenberg irritiert.

»Na, den Sauer, im Gefängnis.«

»Sie müssen sich irren. Dr. Sauer war nie im Gefängnis.«

»Glauben Sie nicht alles, was in den Akten steht. Das hat man ganz oft gemacht.«

»Was meinen Sie, Herr Saale? Ich verstehe Sie nicht.«

Der alte Mann lehnte sich zurück und schloss die Augen. Die Ader an der Schläfe pochte heftiger. Als er den Blick wieder hob, sah er Staufenberg eindringlich an.

»Die haben die Identitäten getauscht. Stellen Sie sich Folgendes vor: Ein regimetreuer Bürger, in diesem Fall ein erfolgreicher Sporttrainer, schwängert ein junges Mädchen. Man muss ihn aus dem Verkehr ziehen. Das Mädchen flieht in den Westen, der Trainer wird offiziell der Fluchthilfe angeklagt und inhaftiert. Inoffiziell wird er nach Russland geschickt, um sich dort in Sachen Doping weiterzubilden. Aber irgendwann muss er wieder zurück, man will in der DDR nicht auf seine Kenntnisse verzichten. Es wird ein Ersatzmann gesucht und gefunden. In diesem Fall ein Mediziner, ein schüchterner Kerl ohne Familie. Man lockt ihn mit Aussicht auf bahnbrechende Forschungen in Russland ins Stasibüro. Nur kommt der arme Kerl nicht nach Russland, sondern ins Gefängnis. Dort stirbt er. Zufall? Ich glaube nicht. Aber der Weg nach Leipzig ist frei für unseren Dopingspezialisten. Der Tote wird für Kummerer ausgegeben und beerdigt. Der richtige Kummerer kehrt mit falscher Identität, als Dr. Sauer, nach Leipzig zurück. Man feilt ein wenig an den Lebensläufen, und alles ist in bester Ordnung.«

Er wirkte erschöpft. »Beweisen kann ich es nicht. Irgendwo gibt es bestimmt noch Unterlagen, aus denen man Rückschlüsse ziehen kann, wenn die nicht alles haben vernichten lassen. In den offiziellen Stasiakten gibt es sicherlich nichts. Das durfte nicht publik werden. Das Mädchen, das Kummerer geschwängert hatte, war auch ein perfektes Opfer. Die haben sich immer Mädchen ausgesucht, an denen sie die Dopingmittel ausprobieren konnten. Waisen aus dem Heim oder Kinder aus zerrütteten Familienverhältnissen. Alles arme Seelen, denen keiner auch nur eine Träne nachweinte, wenn es schiefging. Menschliche Versuchskaninchen. Und dann wurden sie fallen gelassen und unter Druck gesetzt, damit sie niemanden etwas erzählten. Ich würde gern wissen, was aus der Kleinen vom Kummerer geworden ist, die in den Westen abgehauen ist. Ob sie ein gesundes Baby zur Welt gebracht hat, wenn sie es überhaupt überlebt hat.« Die letzten Worte hauchte er. Er verlor zusehend seine Kraft.

Staufenberg schaute den alten Mann nachdenklich an. »Was mir nicht in den Kopf will, ist, warum niemand die Verwandlung von Sauer und Kummerer bemerkt hat.«

»Wem hätte das denn auffallen sollen? Sauer lebte zurückgezogen. Pflegte keine engen Freundschaften, hatte keine Familie. Und so ein Russlandaufenthalt kann jeden verändern.«

Staufenberg nickte. So konnte es gewesen sein. Es war eine Erklärung.

Der alte Mann lehnte sich abgekämpft an die Lehne seines Sessels. Er schloss die Augen. »Mehr weiß ich nicht, aber dieser Kummerer war kein netter Mann. Dem trau ich sehr viel zu.«

Staufenberg reichte Saale die Hand und verabschiedete sich.

Zu Fuß ging er zurück in die Dimitroffstraße. Das Gespräch mit Claas' Großvater hatte ihn beunruhigt. Er dachte an alte Akten, an Unterlagen, die verschwinden sollten, und an seine Kartons, die in seinem Auto auf ihn warteten. Ein Gedanke setzte sich fest und ließ sich nicht vertreiben. Statt ins Büro zu gehen, setzte er sich ins Auto und fuhr nach Hause. Er musste es wissen, jetzt. Karton für Karton schleppte er in seine Wohnung. Nacheinander holte er die Papierstapel aus den Kisten heraus. Das erste Blatt informierte ihn über den ungefähren Zeitpunkt der darunterliegenden Haufen. Er überflog die Zahlen, Daten und Fakten. Er wusste, wonach er suchte. Es dauerte nicht lange.

Ungläubig schaute er darauf. Las es wieder und wieder und konnte es doch nicht glauben. Alles, was hier stand, bekräftigte die Aussage des alten Mannes. Aber er wusste nicht, was er mit diesem Wissen anfangen sollte. Was hätte Klara getan?

Je näher seine Pensionierung kam, umso mehr vermisste er sie. Warum hatte sie es nicht mit ihm ausgehalten? Er wusste die Antwort, er musste sich das nicht jedes Mal fragen. Drei Jahre war sie an seiner Seite gewesen. Hatte mit ihm gelacht, diskutiert und gestritten. Sie hatten sich angeschrien und geliebt. Sonntags waren sie, wenn es seine Zeit zuließ, in die Stadt gegangen, hatten einen Kaffee getrunken und Leipziger Lerchen gegessen. Klara hatte das Gebäck aus Mürbeteig, Mandeln, Nüssen und Erdbeerkonfitüre geliebt und sich nie mit nur einem zufriedengegeben.

Er hatte keine Ahnung gehabt, dass sie schon länger mit dem Gedanken spielte, ihn zu verlassen, als sie an einem dieser Sonntagnachmittage im Café am Thomasplatz saßen und sie ihr Gebäck nicht anrührte. »Es geht nicht, Lorenz«, hatte sie gesagt.

Er sah sie an, überlegte, was sie wohl meinen könnte. Erst als sie ihm nicht in die Augen blickte, befiel ihn eine dunkle Ahnung, dass das Ende ihrer gemeinsamen Beziehung bevorstand.

»Ich hab mir das lange angeschaut. Du bist Polizist, ein guter, soweit ich das beurteilen kann.«

»Was hat mein Beruf mit uns zu tun?«, fragte er und wusste doch die Antwort bereits. Mit ungläubigem Gesichtsausdruck nahm er ihre Erklärungen entgegen.

Zum Schluss sagte sie: »Zu einer anderen Zeit vielleicht, an einem anderen Ort?«, stand auf und ging.

Klara war gerade an der Tür angekommen, als er mit seinem Unterarm die Tassen und Teller vom Tisch fegte und laut fluchte. Sie waren allein im Gastraum. Die Bedienung wusste, wer er war, und traute sich nicht, ihn zur Rede zu stellen. Sie stand erschrocken und eingeschüchtert an der Theke, blickte Klara mit angstgeweiteten Augen an.

»Das meine ich, Lorenz«, waren ihre letzten Worte an diesem Sonntag, bevor sie verschwand. Er sah sie nicht wieder, bis zu dem Tag im Krankenhaus. Soweit er wusste, hatte es nach ihm keinen anderen Mann an ihrer Seite gegeben.

Anfangs versuchte er noch, sie umzustimmen, weil sie ihm fehlte. Sie glaubte seinen Versprechungen nicht, dass er sich ändern wolle. Irgendwann sah er ein, dass seine Versuche, sie zurückzuerobern, ins Leere liefen. Sie verabredeten, dass sie einmal in der Woche miteinander telefonieren wollten, wenn er die Bemühungen, sie umzustimmen, aufgeben würde. Er hielt sich daran. Die Telefonate waren ihm heilig, ihre Stimme zu hören gab ihm Kraft. Selbst als der Umbruch nah war und sie auf den Montagsdemonstrationen mitmarschierte, telefonierten sie. Sie sprachen über das Wetter, über Alltägliches, doch niemals über aktuelle Politik. Als die Mauer fiel, lag Staufenberg mit einem komplizierten Beckenbruch im Krankenhaus. Klara rief ihn an, redete über ganz Alltägliches, bis sie zum Schluss sagte: »Die Mauer ist gefallen. Es gibt keine DDR mehr.«

»Ja«, war seine Antwort. Wäre er, wie so viele Kollegen, nicht übernommen worden, wären Klara und er vielleicht wieder ein Paar geworden. Doch Lorenz Staufenberg war ein guter Kommissar.

Klara hatte immer die Idee mit dem Schrebergarten gehabt. Als sie noch zusammen gewesen waren, hatte sie davon geträumt, sich einen zuzulegen, wenn er Rentner wäre. Dann hatte sie sich in bunten Farben ihre gemeinsame Zukunft in der Laube ausgemalt, die sie bewirtschaften wollten. Mit Nutzgarten, verschiedenen Gemüse- und Obstsorten und ein paar duftenden Zierrosen.

Dann schlug der Krebs zu. Als sie ihm von ihrer schweren Erkrankung erzählte, war es bereits zu spät, und er hatte nur noch eine Woche mit ihr, bevor sie elendig verreckte. Anders konnte er das nicht nennen. Vollgepumpt mit Morphium, gezeichnet von Schmerzen und Angst, ein Abklatsch der lebenslustigen und energischen Frau, die er sein ganzes Leben lang gekannt und die meiste Zeit davon geliebt hatte.

Er seufzte. Jessica erinnerte ihn an Klara. Nicht nur an ihr Aussehen, sondern auch an alles, was hätte sein können. Versäumnisse, die er bereute. So wie Jessica musste Klara als junges Mädchen gewesen sein. Warum brachte ihn der letzte Fall an seine emotionale Grenze? Warum gab ihm das Schicksal nicht einen einfachen Raubmord, den er aufklärte, um dann endlich in den wohlverdienten Ruhestand zu gehen?

36

»Wie schön, dass Sie mich noch einmal besuchen. Wieder gemeinsam frühstücken?« Ich mochte den Kommissar, er hatte es im Laufe der letzten Tage geschafft, mein Herz zu erobern – soweit das bei mir möglich war. Ich saß vor der dritten Tasse Kaffee und stand nicht auf, sondern beschränkte mich auf ein Lächeln. »Setzen Sie sich doch. Gibt es etwas Neues?«

Er blieb einen Moment, für meinen Geschmack zu lange, stehen und betrachtete mich. Sein Blick blieb an meinem Fuß hängen, dem rechten. »Das fällt gar nicht auf, wenn Sie Turnschuhe tragen.«

»Das ist Absicht. Aber Pumps oder andere hochhackige Schuhe gehen nicht. Dafür bin ich eh nicht der Typ.«

Er setzte sich. Ich lehnte mich zurück, um mehr Abstand zu schaffen. Was wusste er? Staufenberg winkte der Kellnerin und bestellte sich einen Tee. Kamille.

»Sind Sie krank? Ist es wegen der Tabletten, die Sie ständig schlucken?«

»Nichts Ernstes, nur etwas Schonung. Zur Vorbereitung, damit ich meinen Ruhestand in ein paar Tagen auch genießen kann. Ich muss mich ja nicht absichtlich schwächen. Woher kommt die Behinderung?«

»Sie meinen den Klumpfuß? Sie können ihn ruhig so nennen. Bei Mädchen ist es relativ selten, Jungs kommen häufiger mit dieser Fehlstellung zur Welt. Warum, weiß keiner so genau, aber es gibt einige Vermutungen. Eine ungünstige Lage in der Gebärmutter ist eine davon.«

Ich biss in meine Brötchenhälfte, die dick mit Erdbeermarmelade bestrichen war. Dabei tropfte ein Klecks auf den Teller. Ein roter Fleck auf weißem Grund. Der Kommissar stierte fasziniert darauf.

»Ich glaube, ich weiß, wer für Sauers Tod verantwortlich ist. Aber es wird schwierig zu beweisen sein. Eigentlich kann ich nur auf ein Geständnis hoffen.«

Ich leckte die über den Rand quellende Marmelade mit der

Zunge rund um das Brötchen ab, bevor ich erneut hineinbiss. Ich ließ mir Zeit. Offenbar erwartete der Kommissar keine Antwort von mir. Und mit vollem Mund spricht man ohnehin nicht.

»Es scheint so, als ob der Kollege von Dr. Sauer, dieser Hille, früher die Sportler mit Anabolika und Amphetaminen gedopt hat. Ob ohne oder mit ihrem Wissen, kann heute nicht mehr ermittelt werden. In Zeiten der DDR gab es für Doping aber sogar einen Staatsauftrag. Das hatte natürlich mit der Wende ein Ende.« Er lächelte. »Das reimt sich sogar.«

Ich beschäftigte mich immer noch akribisch mit meinem Brötchen. Der Kommissar sprach weiter, während er in kleinen Schlucken seinen Kamillentee trank.

»Wir haben herausgefunden, dass das Mädchen, das sich vom Völkerschlachtdenkmal gestürzt hat, ein Schützling von ihm war. Elke Schönherr. Sie haben ihre Freundin kennengelernt, nicht wahr? Sie hatte schwere gesundheitliche Beschwerden, bis hin zu Depressionen. Letztendlich waren die für ihren Selbstmord verantwortlich.«

»Es ist tragisch, wofür die Kinder missbraucht wurden. Unglaublich, dass es dafür sogar einen Auftrag von ganz oben gab«, erwiderte ich.

»Na ja, sportliche Erfolge waren das Aushängeschild für den Sozialismus. Schlimm sind die Folgen dieses Hormon- und Medikamentenmissbrauchs. Und die Spätfolgen für nachkommende Generationen sind noch gar nicht abzusehen. Man nimmt an, dass Doping für eine Reihe von Geburtsfehlern verantwortlich ist.«

»Aha. Sie möchten mir damit durch die Blume mitteilen, dass meine Mutter gedopt war und ich deshalb mit Klumpfuß zur Welt kam?«

»Es ist eine mögliche Erklärung. Ich weiß nicht, ob der alte Herr Brand tatsächlich die Geschichte Ihrer Mutter erzählt hat, aber es hat sich vermutlich so ähnlich abgespielt. Sie ist in das Heim Sonnenblick gekommen, wo ihr sportliches Talent entdeckt wurde. Ihr Vater war ihr Trainer. Sie war gut, aber nicht gut genug für die ganz großen Medaillen. Meiner Meinung nach hat sie es vorgezogen, in den Westen zu flüchten, statt abserviert zu werden. Aber wir haben keine Hinweise auf Herrn Sauer oder Ihren Vater gefunden. Wir wissen nicht, wer er ist. Es tut mir sehr leid, das müssen Sie mir glauben.«

Ich schluckte einen großen Bissen hinunter, bevor ich antwortete. »Spricht etwas dagegen, wenn ich nach Hause fahre?« Dann fluchte ich. Ich hatte mir auf die Lippe gebissen.

»Nein, überhaupt nicht. Sie bluten am Mund. Darf ich?«

Er tupfte vorsichtig mit der Serviette an meiner Lippe herum. Er kam mir sehr nah. Ich mochte seinen Geruch.

»Hat es Ihnen bei uns denn gefallen?«, fragte er.

»Sehr. Ich habe viele nette Menschen kennengelernt. Und Tanja kommt mich demnächst am Niederrhein besuchen. Wir verstehen uns gut. Es war ein schöner Trip.« Ich nahm die Serviette, wischte mir den Mund ab und erhob mich. »Vielleicht sehen wir uns auch noch mal? Würde mich sehr freuen.«

»Wissen Sie schon, wann Sie fahren wollen?«

»Ich habe für den 25. April ein Ticket gebucht. Morgens, ganz früh.«

»Vielleicht steh ich am Bahnhof und winke Ihnen zu«, sagte er lächelnd.

Als ich mich noch einmal umschaute, bemerkte ich, dass die Serviette auf dem Tisch fehlte.

37

Staufenberg rief seinen Kollegen von der Rechtsmedizin an. Er verzichtete auf jegliche Höflichkeitsfloskeln und überfiel ihn direkt. »Karl, du bist mir einen Gefallen schuldig, den musst du einlösen. Sofort.«

»Hallo Lorenz, schön von dir zu hören, nett mit dir zu plaudern«, seufzte Karl am anderen Ende der Leitung. »Natürlich weiß ich, dass du noch etwas bei mir guthast. Was kann ich für dich tun?«

»Entschuldige, ich hab keine Zeit, ich brauche ganz schnell einen DNS-Abgleich. Blut auf einer Serviette. Ich muss wissen, ob der tote Sauer, der vor ein paar Tagen bei euch eingegangen ist, der Vater dieser Person ist. Am besten sofort, spätestens morgen. Schaffst du das?«

»Schwierig. Keine neunzig Prozent, das muss dir klar sein. Ist es denn keine offizielle Ermittlung? Ach, sag nichts. So genau will ich es gar nicht wissen. Ich halt mich ran. Bringst du die Probe vorbei? Dann mach ich mich direkt an die Arbeit.«

»Ich schick dir einen Boten. Hab keine Zeit, selbst vorbeizukommen. Und danke.«

Staufenberg packte die Serviette in eine Plastiktüte, rief einen Kollegen und bat ihn, das Paket schnellstmöglich in die Rechtsmedizin zu Karl Breuer zu bringen.

Camilla und Tom kamen ins Zimmer und schauten dem hinauseilenden Kollegen neugierig hinterher. Doch es blieb bei ihrem fragenden Blick. Die beiden kannten den Chef genug, um zu wissen, dass auf eine Frage nicht unbedingt eine Antwort folgte, wenn Staufenberg nicht wollte. Und er hatte beschlossen, sein Wissen für sich zu behalten. Erst einmal.

Er sah Camilla und Tom nacheinander ernst an und begann laut zu denken. »Gibt es einen Todesengel? Was meint ihr?« Er sah neugierig in die Runde. Niemand antwortete. »Es ist noch immer nicht bewiesen, aber ich behaupte einfach mal, Brand ist ermordet worden. Vielleicht mit einer Spritze mit einem blutdrucksenkenden Mittel. Die vermutlichen Opfer waren sehr krank und hatten keine Familie. Außerdem sind sie nach ihrem Tod allesamt verbrannt worden, sodass eine nachträgliche Exhumierung und Untersuchung der Leichname nicht mehr möglich ist. Sauer fällt ganz klar aus diesem Rahmen. Zufall? Absicht? Oder es ging dem Todesengel die ganze Zeit um Sauers Tod, und alle anderen Todesfälle sind um diesen einen herum arrangiert worden? Warum aber wurde er dann mit einem Kissen ermordet? Wir haben den Pflegern, Schwestern und Ärzte auf den Zahn gefühlt. Keiner kommt in Frage. Sie haben alle ein Alibi und sind definitiv nicht verdächtig. Eine andere Möglichkeit wäre, dass sie alle unter einer Decke stecken und es im Kollektiv geplant haben. Aber ehrlich gesagt halte ich das für völlig an den Haaren herbeigezogen.«

Camilla und Tom blickten ihn an und nickten zustimmend. Camilla rührte in ihrer Kaffeetasse und starrte die sich im Kreis drehende Flüssigkeit an, während sie sprach. »Niemand in Sauers direktem Umfeld kommt als Täter in Betracht. Die ominösen Anrufe galten seinem Kollegen Hille und hatten nichts mit Sauer zu tun. Er lässt das übrigens auf sich beruhen und wird keine juristischen Schritte gegen die junge Frau einleiten. Gab sich ganz großzügig. Ansonsten hat er die Dopingvorwürfe nicht abgestritten. Was den Todesengel angeht, tippe ich auf den großen Unbekannten. Da hat jemand beschlossen, kranke Menschen von ihren Qualen zu erlösen. Sauer ist zufällig dazwischengeraten. Ein anderer Mörder. So weit meine Theorie. Bleibt nur die Frage, wer dieser zweite Mörder ist.« Gedankenverloren rührte sie weiter in ihrem Becher.

Tom dachte laut nach. »Es muss jemand sein, der, ohne Verdacht zu erregen, auf die Station kommen kann. Ein Fremder, der nicht auffällt. Wen haben wir vergessen?«

Staufenberg schaute auf Camillas Tasse. Das gleichtönige Geräusch erinnerte ihn an etwas. Doch er konnte es nicht greifen.

»Es ist auffallend, dass die verdächtigen Todesfälle nur auf der Station von Dr. Müller passiert sind«, gab Tom zu bedenken.

»Na ja, soweit wir wissen«, sagte Camilla. »Du kennst doch auch die geschätzten Zahlen der Tötungen in Krankenhäusern. Man kann ja nicht alle unter Generalverdacht stellen. Und jeden Todesfall zu untersuchen, geht ja nicht.«

»Camilla, woher hast du die Tasse?«, fragte Staufenberg plötzlich.

»Das ist ein Werbegeschenk. Diese Reinigungsfirma, Mc Wischnat. Blöder Name. Das sind die, die in unseren Büros putzen. Da hat einer die mal verteilt. Wieso?«

In Staufenberg arbeitete es. Gebäudereinigung. Mitarbeiter, die jeder sieht, die aber trotzdem unsichtbar blieben. Unauffällig in Kitteln.

»Frag doch mal bitte bei der Firma nach, ob eine Miriam Schönherr dort arbeitet, wenn ja, seit wann und was sie vorher gemacht hat. Und frag nach, ob das St.-Barbara-Krankenhaus Kunde bei der Reinigungsfirma ist.«

»Miriam Schönherr? Wer ist das? Wie kommst du auf diesen Namen?«, fragte Camilla verblüfft und stoppte das Rühren.

»Die Kaffeetasse«, erwiderte Staufenberg und erhob sich.

Camilla setzte sich an ihren Schreibtisch und ergriff den Telefonhörer, hielt dann jedoch einen Moment inne. »Schönherr, das ist doch der Name von der jungen Frau, die sich das Leben genommen hat, oder? Wie hängt das denn zusammen?«

Staufenberg sagte nichts, sondern wedelte nur mit den Armen als Zeichen, dass sie sich beeilen sollte. Als Camilla ein paar Minuten später das Telefonat beendete, blickte sie ihre Kollegen erstaunt an.

»Manchmal bist du mir unheimlich, Staufenberg. Miriam Schönherr arbeitet tatsächlich bei Mc Wischnat und ist als Springer unter anderem im St.-Barbara-Krankenhaus tätig. Und weißt du, wo sie vorher beschäftigt war? Sie ist gelernte Arzthelferin und hat zuletzt in einer psychologischen Praxis gearbeitet.«

38

Staufenberg klingelte. Die Tür sah noch genauso aus wie bei seinem ersten Besuch. Salzteiggebäck, und es war in den paar Tagen nicht schöner geworden. Er wartete eine Zeit lang, bis er Geräusche aus dem Innern der Wohnung hörte. Doch niemand öffnete.

Erneut drückte er den Klingelknopf. Die Geräusche verstummten, dann näherten sich schlurfende Schritte.

Rebecca Schönherr öffnete die Tür. »Was wollen Sie denn? Ach egal, kommen Sie rein.«

Hatte sich auch an der Umgebung nichts geändert, an Elkes Mutter schon. Sie trug einen schmuddeligen, ausgebeulten Jogginganzug. Ihre Haare standen in teilweise verfilzten Büscheln vom Hinterkopf ab. Sie verströmte einen säuerlichen Geruch. Elkes Mutter führte ihn in die Küche und bat ihn Platz zu nehmen.

Er studierte aufmerksam ihr Gesicht. Sie wirkte aufgedunsen und um Jahre gealtert. Geschwollene Augenlider, die Pupillen blutunterlaufen. Tiefe Falten um Nase und Mund, selbst auf den Lippen. Sie sah nach zu wenig Schlaf und zu viel Alkohol aus.

»Es geht Ihnen nicht gut?« Es klang wie eine Frage, obwohl es eine Feststellung war.

Sie verzichtete auf eine Antwort. »Kaffee?«, fragte sie stattdessen.

Er lehnte dankend ab. »Sie sehen wirklich nicht gut aus. Waren Sie beim Arzt? Hat er Sie krankgeschrieben?«

»Ja. Er meinte, ein paar Tage Ruhe würden mir guttun. Irgendwie hat mich der Tod meiner Tochter mehr mitgenommen, als ich selbst angenommen habe. Aber dieses Nichtstun ist auch nichts für mich. Ständig grübele ich über die Dinge, wie sie hätten laufen können. Wäre, Wenn und Aber sind keine guten Berater – so heißt es doch, oder?«

Staufenberg nickte. »Ich weiß, was Sie meinen.« Er blickte auf ihre Kaffeetasse. »Sie arbeiten bei Mc Wischnat, dieser Gebäudereinigungsfirma, nicht wahr?«

»Ja, diese Tassen gab es vor ein paar Jahren als Weihnachtsgeschenk. Mittlerweile gibt es noch nicht einmal mehr das.«

»Wo putzen Sie? In vielen Objekten?«

Es klang nach einfacher Konversation, der Höflichkeit halber. Aber es war viel mehr als das.

»Hauptsächlich in öffentlichen Gebäuden. Anfangs war ich als Springer tätig. Sie wissen schon, wenn jemand in einer Truppe fehlte, plötzlich erkrankte, bin ich als Ersatz eingesprungen. Zu der Zeit bin ich in fast allen öffentlichen Gebäuden der Stadt gewesen. Aber jetzt habe ich meinen festen Einsatzort am Augustusplatz, ein Bürokomplex in der Innenstadt.«

»Und Ihre Schwester?«

»Die springt während meiner Auszeit für mich ein. So bleibt es in der Familie.«

»Arbeitet Ihre Schwester schon lange bei der Firma?«

»Vor ein paar Monaten hat sie ihren Job verloren und war froh, als sie sofort bei Mc Wischnat anfangen konnte.«

Sie hoben beide ihre Köpfe, als sie ein Geräusch an der Haustür vernahmen.

»Da kommt sie ja.«

Tatsächlich trat Miriam Schönherr in die Küche. Sie hielt ihre Tasche und den Schlüsselbund in der Hand, trug noch ihre Steppjacke. »Hallo Herr Staufenberg. Was machen Sie denn hier? Gibt es etwas Neues? Sie sagten doch, Sie könnten nicht in Elkes Tod ermitteln.«

»Nein, das war eindeutig Suizid. Ob jemand sie auf diese Idee gebracht hat, kann ich nicht beurteilen. Letztendlich hat Ihre Nichte den Entschluss gefasst und ist für ihr Tun verantwortlich – sonst niemand.«

Miriam Schönherr legte Schlüssel und Tasche ab, zog ihre Jacke aus und hängte sie über eine Stuhllehne. »Warum sind Sie dann hier?«

»Können Sie sich das nicht denken? Sie haben vor Mc Wischnat bei einem Psychologen gearbeitet, oder? Sie sind gelernte Arzthelferin und kennen sich mit Spritzen, Arzneien aus, nicht wahr?«

Sie sagte keinen Ton, setzte sich langsam.

»Was wollen Sie eigentlich andeuten? Was ist hier los?«, rief ihre Schwester und schlug mit der Hand auf den Tisch. Kaffee schwappte über und hinterließ einen braunen Fleck auf der Tischplatte.

»Es ist gut, Rebecca. Der Kommissar scheint im Bilde zu sein.«

»Ich aber nicht! Kann mir mal jemand sagen, um was es hier geht? Ich versteh kein Wort.«

Staufenberg antwortete, ohne den Blick von Miriam zu lösen. »Es geht um Mitleid, Barmherzigkeit. Und um Seelenqualen. Ich weiß, dass Sie mit Elke kurz vor ihrem Sprung eine Diskussion geführt haben. Über scheinbar sinnlose Leben. Die Möglichkeit, dass man das Leben, aber auch den Tod selbst in der Hand hält. Sie fühlen sich am Tod Ihrer Nichte schuldig.«

Miriam Schönherr nickte. »Ich musste das ihrer Freundin, dieser Tanja, sagen, damit sie nicht glaubt, für Elkes Tod verantwortlich zu sein. Sie war mit einem anderen Mädchen hier, die versuchte, etwas über ihren Vater herauszubekommen.«

Staufenberg wartete. Und Miriam Schönherr enttäuschte ihn nicht.

»Ich habe in der Praxis aufgehört zu arbeiten, weil ich es nicht mehr ausgehalten habe. Dieses Elend der Menschen – jeden Tag. Diese verzweifelten Versuche, ein bisschen Anerkennung für sich oder ihr Tun zu bekommen. Schlankheitswahn bis hin zur Magersucht. Oder das andere Extrem. Elke war das beste Beispiel dafür, essen, bis nichts mehr geht. Selbstmord auf Raten. Die ganzen Workaholics, Alkoholkranke, Tablettensüchtige. In was für einer Welt leben wir denn? Lohnt es sich, so zu leben? Ich dachte, ich könnte dem entfliehen, wenn ich kündige. Dann ging es weiter im Krankenhaus. Alte, einsame Menschen, die gar nicht wussten, wohin sie nach ihrer Entlassung gehen sollten. Ins Altenheim? In ihre Wohnung zurück? Ich habe ihnen geholfen und sie erlöst.«

Miriams Schwester öffnete den Mund, um etwas zu sagen, und schloss ihn wieder, ohne dass ein Laut zu hören war.

»Wissen Sie die Namen Ihrer Opfer?«, fragte Staufenberg leise.

»Ja, natürlich. So viele waren es ja nicht. Koch, Münster, Brinkmann, Brand und …«

Es klingelte an der Tür, bevor sie die Aufzählung beendete.

»Das sind meine Kollegen, die Sie abholen möchten. Es tut mir leid, aber ich muss Sie verhaften.«

Sie sah ihn ernst an, dann lächelte sie. »Es ist gut, dass es zu Ende ist.«

39

Die Tür ging auf. Ein schlanker Mann mit Nickelbrille und Glatze betrat den Raum. »Ha, hier ist unser eingebildeter Kranker.« Er reichte Staufenberg die Hand, schaute ihn aber nicht an. »Guten Tag, Herr Staufenberg, und Glückwunsch! Es ist alles in Ordnung. Sie sind kerngesund. Alles Einbildung, Ihr Beruf ist sicher belastend.«

Staufenberg blieb stumm.

»Aber Sie gehen ja bald in Rente. Oder Pension, ich denke, die Bezeichnung ist korrekt. Jaja, als Kommissar haben Sie sicher viele schwierige Situationen erlebt, und der Körper vergisst nichts. In Ihrem Fall reagiert er mit Schmerzen in der Magengegend. Aber die Ergebnisse liegen mir vor: ohne Befund! Reduzieren Sie fette Speisen und alkoholische Getränke. Dann geht es Ihnen besser. Suchen Sie sich ein beruhigendes Hobby. Angeln zum Beispiel besänftigt die Seele. Oder meinetwegen auch Briefmarken sammeln. Retro ist ja wieder in.«

Er lachte laut. Zu laut, wie Staufenberg fand. Er verstand auch nicht, was an der Bemerkung lustig war. Der Arzt vermied es noch immer, ihn anzuschauen, blickte abwechselnd auf seine Notizen und den Computerbildschirm.

»Ich kann Ihnen ein allgemeines Stärkungsmittel verschreiben. Die Symptome sollten in ein, zwei Wochen verschwinden. Falls nicht, suchen Sie bitte psychologische Hilfe auf. Ich kann mir vorstellen, dass Sie in Ihrer beruflichen Laufbahn so einiges gesehen haben, was Sie nicht verarbeitet haben. Meist reichen vier, fünf Sitzungen. Dazu Entspannungstechniken wie Yoga oder autogenes Training. Hier haben Sie die Adresse eines Kollegen, ganz hervorragender Mann. Vielleicht sollten Sie ihn schon mal kontaktieren, dann hätten Sie in sechs Monaten einen Termin. Guter Mann, wie gesagt, der hat lange Wartezeiten.« Er lachte wieder laut auf.

»Ich könnte im Park diesen japanischen Sport mit den langsamen Bewegungen machen. In der Gruppe macht so etwas bestimmt Spaß.«

Staufenbergs Einwand brachte Dr. Richter aus dem Konzept. Er hob irritiert den Kopf, blickte ihn einen kurzen Moment an, bevor er weitersprach.

»Ja, auch eine gute Idee. Sicher. Tai-Chi meinen Sie, das soll sehr gut sein. Leider habe ich damit keine Erfahrung.«

»Ich könnte mich auch einer Esoterikgruppe anschließen und es mit Heilsteinen versuchen.« Staufenbergs Stimme klang ganz normal.

Der Arzt begann zu stottern. »Das ist … nun, ein sehr, wie soll ich sagen, unkonventioneller Weg. Das muss jeder für sich entscheiden.«

Staufenberg unterbrach ihn. »Ich könnte auch …«

Weiter kam er nicht.

»Herr Staufenberg, Sie sind gesund, genießen Sie Ihren Ruhestand und lassen Sie es sich gut gehen. Ich schicke die Ergebnisse Ihrem Hausarzt zu. Auf Wiedersehen.«

Dr. Richters rechte Hand schnellte in Staufenbergs Richtung, ohne zuzugreifen. Er nickte noch einmal kurz und verschwand aus dem Raum.

Staufenberg lächelte. Klara hätte Spaß an dieser Vorstellung gehabt. Er erhob sich, zog sein Jackett an und ging an die Rezeption. Das blonde Mädchen, ›Heike‹ stand auf ihrem Namensschild, fragte freundlich, ob sie noch etwas für ihn tun könne.

»Brauch ich noch irgendetwas von Ihnen?«, fragte er.

Heike verneinte und lächelte ihn an. »Machen Sie es gut, Herr Staufenberg. Auf Wiedersehen.«

»Besser nicht, Fräulein Heike.«

Eine altmodische Formulierung, dieses ›Fräulein‹, doch wie sollte er einen fremden Menschen ansprechen, wenn er nur den Vornamen kannte? Die neumodische Sitte, fremde Menschen zu siezen und mit Vornamen anzusprechen, gefiel ihm nicht.

Auf der Straße überlegte er, ob er zu Fuß gehen oder sich zur Feier des Tages ein Taxi gönnen sollte. Es war eine gute Nachricht, auch wenn ihn die herablassende Art des Arztes genervt hatte. Was bildete sich dieser Mensch eigentlich ein? Kannte seinen Patienten nicht, empfahl ein bisschen Entspannung und einen Psychologen. Idiot. Er war wie dieser Kurpfuscher damals, der Klara behandelt hatte. Ohne wirkliches Mitleid hatte er nur ihren Körper untersucht und sie, den Menschen, außer Acht gelassen.

Seinem Hausarzt hätte er von seinen Plänen erzählt. Der Laube und den Obstbäumen. Vielleicht einem kleinen Teich. Er hatte noch mehr Prospekte angefordert. Kois gefielen ihm, und es wäre nett, ihnen beim Schwimmen zuzusehen. Aber diesem Dr. Richter konnte er nichts davon sagen. Es wäre ihm wie ein Verrat an Klara vorgekommen.

Er ging zu Fuß weiter und bog in die Universitätsstraße ab. Einen Kaffee könnte er jetzt gebrauchen. In der Moritzbastei gab es das »Café Barbakane«. Von Camilla hatte er gehört, dass es nett sein sollte. Eine Studentenkneipe. Das war im Moment genau das Richtige. Er war gesund, auch wenn er sich nicht so fühlte, und wollte sich mit jungen Menschen umgeben. Menschen, die noch Pläne hatten, so wie er.

Die Idee mit den Koikarpfen ist gut, dachte er und bestellte einen Kaffee bei der jungen Bedienung. Sie wirkte unerfahren, bewegte sich noch unsicher und notierte akribisch die Bestellung auf dem Notizzettel.

»Was haben Sie denn heute zum Mittagessen im Angebot?«, fragte er.

Sie schaute an die Decke und sprudelte los: »Möhren-Orangensüppchen, dazu Baguette für zwei fünfzig oder die große Portion für drei neunzig. Frischen Blumenkohl mit Sauce hollandaise und Kartoffeln für vier zwanzig. An Fleischgerichten gibt es Kalbsgeschnetzeltes mit Champignons und Rösti für vier achtzig oder unser berühmtes Jägerschnitzel in Tomatensoße mit Nudeln, auch für vier achtzig.«

Sie holte tief Luft und war sichtlich zufrieden mit ihrer Leistung. Warum sie es auswendig gelernt hatte, war Staufenberg ein Rätsel. Sie hätte es einfacher haben und ihm die Karte geben können. Aber vielleicht war es ihr persönlicher Ehrgeiz, die Gerichte aufzählen zu können. Er dachte daran, dass es sein Magengeschwür gar nicht gab, überlegte kurz, ob Sauce hollandaise angemessen war, und entschied sich doch für das Geschnetzelte.

Sein Telefon klingelte.

»Hallo Lorenz, Karl hier. Zu achtundfünfzig Prozent positiv, mehr war nicht drin.«

»Danke, es reicht.«

Die Kellnerin war stehen geblieben. Als er auflegte, wiederholte sie noch einmal die Bestellung inklusive Kaffee und ging schüchtern lächelnd davon.

Sie erinnerte Staufenberg an Jessica. Die war auch eine seltsame Persönlichkeit. Sie handelte selten so, wie man es erwartete. Wirkte abgeklärt, schnörkellos. Ihre Sätze bestachen durch Präzision, keine Floskeln, das Gesagte war immer auf den Punkt gebracht. Ein Mensch, bei dem man wusste, woran man war. Sie machte kein Aufsehen um ihre Behinderung, nahm Dinge hin, die man nicht ändern konnte.

Staufenberg dachte auch mehr, als dass er sprach. Das Reden war nur noch die Quintessenz des Denkens. Es barg viele Gefahren, denn die meisten Zuhörer vermissten etwas. Sie konnten nicht verstehen, wie man auf einen Satz, eine Aussage gekommen war, weil diese Hinführung nur im Geiste stattgefunden hatte. Jessicas ausgeprägter Gerechtigkeitssinn war dem seinen sehr ähnlich. Trotzdem unterschieden sie sich in einem ganz wichtigen Punkt. Und darüber musste er nachdenken. Bis heute Abend wollte er die Entscheidung gefällt haben.

40

Der Kommissar holte mich im Hotel ab. Ich hatte gerade gefrühstückt: Kaffee und ein halbes Brötchen, mit Käse belegt. Bereits nach dem Aufstehen hatte ich ausgecheckt, direkt nach meinem Abschiedsspaziergang in der Stadt, die ich lieb gewonnen hatte. Leipzig – ich würde wiederkommen. Das hatte ich auch dem Angestellten an der Rezeption gesagt.

Die Sonne schien, es versprach ein wunderschöner Frühlingstag zu werden. Staufenberg – ganz Gentleman – zog meinen Rollkoffer, der laut über den Asphalt polterte. Seinen Blick nach vorn gerichtet, zielstrebig, so hatte ich ihn kennengelernt. Ein netter Mann. Ihn hätte ich gern als Vater gehabt. Ich ging an seiner rechten Seite und musste mich ranhalten, um mit ihm Schritt zu halten. Immer wieder blickte ich auf sein Profil. Es wirkte aristokratisch. Edel. Ebenso hätte er ins vorletzte Jahrhundert gepasst, als Großgrundbesitzer mit edlem Reitpferd und einem Rudel Hunde, die ihn auf der Jagd begleiteten. Und ich als kleine Madame auf einem Pony hinter ihm her. So schön konnten Träume sein.

Wir überquerten die Kreuzung und traten durch den Westeingang in den Bahnhof. Mit seiner sonoren Stimme erzählte mir Staufenberg die Geschichte des größten europäischen Kopfbahnhofs und vermied es, mich dabei anzusehen.

Abschied nehmen ist nicht jedermanns Sache. Ich wusste, er mochte mich. Sein Leben würde sich nun ändern. Ruhestand. Ein schreckliches Wort. Zusammengesetzt aus Begriffen, die beide nicht zu Staufenberg passen wollten. Ruhe und Stehen, Stillstand. Er hatte erzählt, dass er sich um seinen Schrebergarten, seine Laube kümmern wolle. Irgendwie glaubte ich ihm das nicht.

Staufenberg blieb stehen und verglich die Zeit seiner Armbanduhr mit der auf der großen an der Wand. Ich hatte noch fünf Minuten. Meine Hand berührte seinen Arm.

»Ich muss los.«

»Welches Gleis?«

»Fünfzehn. Um neun Uhr einundfünfzig geht der ICE 1196. Wenn er pünktlich ist.«

»Um diese Uhrzeit sind sie meistens pünktlich. Wann sind Sie da?«

»In Berlin-Spandau habe ich vierzig Minuten Zeit zum Umsteigen. Gegen sechzehn Uhr fünf bin ich in Düsseldorf.«

»Wie immer ganz akkurat.«

»Ich kann nicht anders«, erwiderte ich. Nach einer kurzen Pause sagte ich: »Auf Wiedersehen.«

»Besser nicht.«

Ich sah ihn mit großen Augen an. In den zwei Worten schwang ein Unterton mit, den ich nicht von ihm kannte. Wusste er etwas? Was bedeutete das? Er mochte mich, das bildete ich mir nicht ein.

»Wie ist das gemeint? Ich komme auf jeden Fall noch einmal nach Leipzig. Ich habe gar nicht alles gesehen. Mir fehlt die russische Kirche. Tanja möchte mir alles zeigen. Außerdem möchte ich Ihre Laube sehen, die Obststräucher und Bäume, wenn ich darf.«

»Die russische Kirche haben Sie nicht gesehen? Sie ist in der Nähe des Völkerschlachtdenkmals.«

»Sie war zu, und das Denkmal kenne ich nur aus der Ferne.«

Er ging nicht weiter darauf ein. »Es ist viel geschehen. Manchmal weicht Gerechtigkeit von den Buchstaben des Gesetzes ab.«

Ich nickte, verstand jedoch nicht den Zusammenhang. »Wie meinen Sie das? Philosophisch? So im Allgemeinen?«

Er antwortete nicht.

»Gehört das zu Ihrer Abschlussrede? Es wird eine Feier geben, oder? Sie haben Ihren letzten Fall gelöst, einen Todesengel überführt. Das bringt Ihnen viel Renommee.«

Der Zug stand zum Einsteigen bereit.

»Machen Sie es gut.«

Er gab mir einen Kuss auf die Wange. Keinen angedeuteten. Seine Lippen berührten meine Haut. Ich schloss die Augen.

»Ich wünsche Ihnen viel Glück.« Dann gab er mir eine seiner Tüten, die er schon die ganze Zeit mit sich herumtrug, mit den Worten: »Etwas zu lesen, für die lange Fahrt.«

Etwas verwundert nahm ich die Tüte und bedankte mich. Er blieb stehen und beobachtete mich, als ob er sichergehen wollte, dass ich tatsächlich abfuhr.

Ich stieg ein, suchte meinen Platz und verstaute Koffer und Jacke im Gepäckfach. Ein letzter Blick auf den Bahnsteig. Der Kommissar stand noch da und winkte mir zu. Auch ich hob meinen Arm. Pünktlich setzte sich der Zug in Bewegung, und ich schaute aus dem Fenster. Landschaften zogen an mir vorüber. Der Flughafen Halle/Leipzig. Er wirkte winzig, kein Vergleich zu dem riesigen Komplex des Düsseldorfer Airports. Bäume, Felder, Wiesen. Idylle pur. Ich fühlte mich gut. Trotz Staufenbergs seltsamem Abschied.

Ich schaute in die Plastiktüte und nahm einen Stapel Zeitschriften heraus. Erdbeeren pflanzen? Der perfekte Gemüsegarten? Selbstversorger? Was sollte denn das? Glaubte Staufenberg, ich könnte mich für Gartenarbeit interessieren? Ich schüttelte den Kopf. Es interessierte mich nicht, ich steckte die Prospekte zurück in die Tüte und dachte nicht weiter darüber nach.

Stattdessen wanderten meine Gedanken zu Sauers Beerdigung. Sie war ganz anders gewesen als die meiner Mutter. Enrico und Rosalia Sauer hatten um die Wette geheult. Franco hatte steif und unnahbar etwas abseits gestanden und ins Leere gestarrt. Stoisch hatte er die Beileidsbekundungen von Nachbarn, Freunden und Kollegen entgegengenommen. Ich blieb ein paar Meter entfernt, hatte alles beobachtet und an das Gespräch mit Sauer gedacht.

Das Abendessen bei seiner Familie hatte mich mehr aufgeregt, als ich zugeben wollte. Der Taxifahrer setzte mich am Hotel ab, aber auch das Gespräch mit Gerda beruhigte mich nicht. Ganz im Gegenteil. Gerda hatte getrunken. Sie war keine Hilfe. Ich beschloss, spazieren zu gehen. Ohne konkretes Ziel vor Augen genoss ich die Luft, die mir half, klarer denken zu können. Plötzlich stand ich vor dem Krankenhaus. Es lag im Dunkeln, nur vereinzelte Lichter brannten. Ich sah, wie jemand mit einem Kind auf dem Arm in die Notaufnahme eilte, und ging hinterher. Das Kind blutete aus einer Wunde am Kopf, eine Schwester kam aus einem der hinteren Räume geeilt. Sie verschwanden gemeinsam hinter einer Milchglasscheibentür, ohne mich zu beachten. Ich ging weiter geradeaus. Den Entschluss fasste ich spontan, vielleicht geriet deshalb alles aus den Fugen. Normalerweise plante ich, wog Für und Wider ab.

Ich befand mich im Treppenhaus und ging die Stufen zum ersten

Stock hinauf. Niemand kam mir entgegen, ich war mutterseelenallein. Die Tür in den ersten Stock ging ohne Geräusche auf, und wieder begegnete mir niemand. Ein paar Meter von mir entfernt befand sich ein Wagen, der mit Einmalhandschuhen, Füßlingen, Mundschutz und Kitteln bestückt war. An der dahinterliegenden Zimmertür informierte ein Schild, dass der Patient aufgrund seiner Krankheit isoliert in diesem Zimmer lag und Besucher und Personal deshalb die Schutzkleidung anlegen sollten.

Zimmer 112 befand sich drei Meter entfernt, schräg gegenüber. Ich legte einen Kittel, Handschuhe und das Häubchen an, um nicht aufzufallen, falls mich doch jemand sehen würde. Das Gefühl, etwas Verbotenes zu tun, verflog nicht. Doch was sollte passieren? Wenn er schlief, würde ich direkt wieder gehen. Wenn nicht – mal sehen. Ich drückte die Klinke hinunter, steckte meinen Kopf durch den schmalen Spalt und war überrascht.

»Komm herein.«

Ich folgte der Aufforderung, stand vor dem Mann, der mir etwas über meinen Vater sagen konnte, der Antworten hatte.

»Es tut mir leid wegen heute Nachmittag. Ich sollte mich noch schonen und schlafen. Die Schwester hat es wohl zu gut mit mir gemeint und mir zu viel Beruhigungsmittel gegeben.«

Er lächelte. Es machte ihn mir nicht sympathischer. Den Gedanken hatte ich bereits vorhin gehabt, doch jetzt verfestigte er sich.

»Du bist also Jessica. Christines Tochter.«

Ich nickte. »Ich weiß nicht viel über die Vergangenheit meiner Mutter, fast nichts über meinen Vater. Sie ist gestorben, ohne mir etwas zu sagen.«

»Wann ist sie gestorben und woran?«, fragte er ohne Mitgefühl in der Stimme. Keine Herzlichkeit oder Empathie.

»Krebs, vor knapp zwei Wochen.«

Ich blieb neben dem Bett stehen, er bat mich nicht, Platz zu nehmen.

»Reden durfte sie nicht, man hatte es ihr verboten. Die sind nie zimperlich gewesen.«

»Wovon reden Sie? Wer sind ›die‹?«

»Na, die Staatssicherheit. Ging um das Wohl der Republik. Da haben die keinen Spaß verstanden.«

»Was ist mit meinem Vater, Erich Kummerer, passiert?«

Er schaute mich lange an. »Du hast keine Ahnung, oder? Er ist im Gefängnis gestorben.« Er lachte leise. »Erich Kummerer ist im Gefängnis gestorben und als Ewald Sauer wiederauferstanden«, wiederholte er und kicherte.

In meinen Ohren rauschte das Blut. Jetzt setzte ich mich auf den Besucherstuhl, auch ohne seine Aufforderung.

»Christine hat mir gefallen. Sie war anders. Ich wollte sie besitzen, sie zähmen. Sie sah zu mir auf. Ihr Talent war nicht der Rede wert, trotzdem habe ich sie im Team gehalten. Ich konnte es gegenüber den Verantwortlichen rechtfertigen. Wir brauchten schließlich jemanden, an dem wir die Mittel testen konnten.«

Sollte dieser kehlige Laut ein Lachen sein?

»Als sie mir mitteilte, dass sie schwanger war, war das ein Problem. Das musste vertuscht werden. Sie war schon weit, wollte auf keinen Fall abtreiben. Auch wenn wir das hätten regeln können, egal wie weit sie war. Aber Christine hatte sich etwas anderes in den Kopf gesetzt. Mit dem Vorschlag, in den Westen abzuhauen, konnte ich mich arrangieren. Im Westen hatte sie die Chance auf einen Neuanfang. Das war das Beste, was ihr passieren konnte. Außerdem wusste ich nicht, was mit dem Kind werden würde. Es gab noch keine Erfahrungswerte mit Anabolika in der Schwangerschaft. War sowieso ein Wunder, dass sie schwanger wurde.«

Das Kind – damit war ich gemeint. Dieser Mann, der vor mir in diesem Bett lag, der behauptete, mein Vater zu sein, hatte Angst gehabt, ein behindertes Kind zu bekommen. Am Ende vielleicht sogar dafür aufkommen zu müssen.

»Man war sich sogar einig, dass es ein toller Schachzug sei, um der Bundesrepublik zu schaden. Sollten sich doch die westlichen Behörden um den Bastard kümmern.«

Er hatte keine Angst vor mir. Er lag da, grinste, beweihräucherte sich selbst. Und nannte mich einen Bastard.

»War doch die richtige Entscheidung. Du bist gesund, ein Prachtmädel, wie es aussieht. Waren die Medikamente doch harmlos, haben weder deiner Mutter noch dir geschadet.«

Mir wurde übel. Ein unglaublich heftiger Schmerz schoss in meinen Fuß. Ich dachte an Mutters Krankheiten, an meinen

Klumpfuß und die vielen Operationen, die ich als Kind hatte ertragen müssen.

»Wie habt ihr das gemacht?«

»Na ja, ist alles verjährt. Ich bin untergetaucht, offiziell war ich im Gefängnis, der Fluchthilfe angeklagt. Inoffiziell befand ich mich in Russland an einem Forschungsinstitut für Doping. Man überlegte, wie ich zurückkommen könnte, und fand Sauer, der mir von der Statur her sehr ähnlich sah. Einen Mediziner. Er war kränklich, und als er im Gefängnis starb, habe ich seinen Platz eingenommen. Er wurde unter meinem Namen beerdigt, ich unter seinem entlassen. Plötzlich war ich Doktor, ohne je eine Vorlesung in Medizin besucht zu haben. Das war alles möglich damals. Deine Mutter bekam die Todesnachricht, und damit war das Thema erledigt.«

Was konnte man dazu sagen? Mir fiel nichts ein. Ich dachte nur an die Traurigkeit meiner Mutter und an ihre Schuldgefühle.

In mir ging eine Verwandlung vonstatten. Und ein Gedanke ergriff von mir Besitz: Ich trug seine Gene in mir.

Er lag da und lachte. »Ohne die Zeit und die Erfahrungen in Russland hätte ich nie das Institut in Leutsch aufbauen können. Was glaubst du, warum die vielen Manager kommen? Ich gebe Ihnen die Mittel, die sie brauchen, um fast ohne Schlaf Höchstleistungen zu bringen. Hirndoping – und das wird gut bezahlt.«

Das Kissen lag in Reichweite. Schicksal, Fügung? Ich nahm es in die Hände und spielte damit. Jonglierte es von links nach rechts. Ich war stark, er geschwächt durch die Operation. Dann sah ich in seinen Augen eine Veränderung. Den Wandel von Selbstgefälligkeit zu Furcht. Er wusste, was ich dachte, was ich vorhatte.

Seine Gene. Er verstand es erst, als ich mich mit dem Kissen auf ihn zubewegte und es ihm langsam auf sein Gesicht legte. Es ging schnell. Wer sollte mich verdächtigen? Es gab keinen Grund. Ich armer Mensch hatte gerade meine Mutter verloren, war nach Leipzig gekommen, um mehr über die Vergangenheit zu erfahren.

Ich hinterließ keine Spuren. Unbeobachtet war ich ins Zimmer gelangt, niemand sah mich hinausgehen. Die Schutzkleidung versteckte ich in meiner Handtasche und entsorgte sie auf dem Weg ins Hotel in einem öffentlichen Abfalleimer.

Staufenberg sagte mir später, dass es keine Spuren gab. Nur ein Geständnis würde ihm den Mörder liefern. Das hatte Elkes Tante getan. Sie war der Todesengel – Sauer ein weiteres Opfer. Sie hatte alles gestanden. Sogar den Mord an dem versnobten Arzt. Warum auch immer. Vielleicht wollte sie nicht noch ein junges Leben zerstören. Bei ihr kam es sowieso nicht mehr darauf an.

Ob der Kommissar etwas ahnte? Er war der einzige Mensch, dem ich zutraute, dass er der Wahrheit sehr nahekäme. Er war ein guter Kommissar. Er hatte von Schuld gesprochen. Und von Gerechtigkeit. Und auch davon, dass der Arm des Gesetzes manchmal nicht lang genug sei. Zumindest hatte ich es so verstanden.

Ich fühlte mich gut, nickte zustimmend. Was auch sonst.

41

Staufenberg blickte dem Zug hinterher. Er stand noch immer mit erhobenem Arm am Gleis, selbst als die Waggons lange aus seinem Sichtfeld verschwunden waren. Ob er noch einmal etwas von ihr hörte? Was sie wohl zu den Papieren sagte? Es war ihr gutes Recht, etwas über die Stasivergangenheit ihres Vaters zu erfahren. Zu lesen, was er getan hatte, würde ihr helfen, wenn sie irgendwann doch von Selbstzweifeln und schlechtem Gewissen geplagt werden sollte. Manchmal kamen die Zweifel erst viele Jahre später, meist in der Nacht, so wie bei ihm. Sie hinderten am Schlafen und sorgten für eingebildete Krankheiten.

Wenn die Laube fertig war und die Hölzer gepflanzt und er sich zurücklehnen konnte, um es zu genießen, durfte ihn Camilla besuchen. Vorher wollte er niemanden sehen. Dass Jessica Laumann kommen würde, glaubte er nicht. Sie war intelligent, sie würde vermuten, dass er ihr Geheimnis kannte. Wenn nicht jetzt, dann spätestens, wenn sie die Berichte gelesen hatte, die er ihr gegeben hatte. Sie würde sich nie wieder melden, sich schämen, nicht wissen, wie sie ihm gegenübertreten sollte. Selbst wenn er ihr persönlich versichern würde, dass er sie weder verraten noch verurteilen würde, wäre sein Wissen für sie unerträglich. Ihre Gedanken konnte er nachvollziehen, er würde ähnlich denken.

Jetzt war sie auf dem Weg nach Hause, nach Neuss. Er kannte die Stadt am Niederrhein nicht. Vielleicht würde er sie irgendwann besuchen? Wenn sein Garten fertig war und er sich in der unbekannten Rolle des Pensionärs zurechtgefunden hätte.

Er kam an einer Parkbank vorbei und setzte sich hin. Dieses Gefühl von Müdigkeit ging nicht vorbei. Vielleicht war alles etwas viel in den letzten Wochen gewesen. Er blickte auf die Uhr. Um zwei war die Verabschiedung angesetzt. Dann wäre ein großes Kapitel seines Lebens, sein Dienst bei der Polizei, zu Ende.

Die Plastiktüte, die er neben sich gelegt hatte, rutschte von der Bank und fiel zu Boden. Als er sie aufheben wollte, stockte ihm der Atem. Und dann begann er zu lachen. Erst gluckste er, versuchte den Drang zu unterdrücken, bis er es nicht mehr aushielt. Er warf den Kopf in den Nacken, lachte aus vollem Herzen, bis er nach Luft rang. Tränen liefen ihm über das Gesicht, die er immer wieder mit dem Sakkoärmel fortwischte. Ein Passant blieb stehen und fragte sorgenvoll, ob er ihm helfen könne. Staufenberg schüttelte den Kopf, unfähig zu antworten.

Er griff nach den Blättern, schob sie zurück in die Plastiktüte, während er ungläubig auf die vergilbten Zettel und angestaubten Pappordner blickte.

Wie hatte ihm das passieren können? Nach all den Jahren unterlief ihm solch ein Fehler. Andererseits – er glaubte an Schicksal. Es sollte nicht sein. Er sah erneut auf die Uhr. Die Zeit reichte. Er ging zur Tramhaltestelle, nahm die 7 und fuhr die paar Stationen bis zu seinem Garten.

Er schloss das Gartentörchen auf und lief auf den Steinplatten bis zur Holztür, ohne ein einziges Mal den Rasen zu berühren. Es war verboten, die Gartenabfälle zu verbrennen, so wie es sein Vater und Großvater noch getan hatten. Er ging hinter das Haus, nahm einen Grillanzünder und ein paar trockene Holzscheite. Er legte alles auf den Boden vor dem Haus und trug die Feuerschale dorthin. Es dauerte ein paar Minuten, bis das Feuer entfacht war. Er blickte in die auflodernden Flammen, dann entnahm er der Tüte den Papierstapel und legte ihn umgekehrt auf den Boden. Er wollte nicht ein Wort mehr lesen.

Das erste Blatt krümmte sich in der Hitze, bevor es im Feuer aufging. Blatt für Blatt legte Staufenberg in die Feuerschale und schaute zu, wie die Beweise eines unmenschlichen Handelns verbrannten.

Er hatte sich nicht immer korrekt verhalten. Es war schwer, in einem falschen Regime richtig zu handeln. Er hatte die Akten damals nicht vernichtet. Sein Ungehorsam war strafbar gewesen, ebenso strafbar war sein Handeln in diesem Moment. Er dachte wieder an Jessica. Auch wenn der Todesengel alle Morde inklusive dem an Ewald Sauer zugegeben hatte, wusste er, dass das nicht stimmte.

»Er hat es doch verdient, oder?«, hatte Miriam Schönherr gefragt, und er, der Kommissar, hatte genickt.

Danksagung

Um einen Roman zu schreiben, braucht man mehr als eine Idee. Neben Ausdauer und Disziplin sind auch Menschen wichtig, die den Autor unterstützen. Sei es mit Kaffee und gutem Essen (danke, Sven und Karen), mit fachlichem Rat (danke, Frau Dr. Elisabeth Lüking) oder mit konstruktiver Kritik (danke, meine Testleser). Und natürlich gehört ein Verlag dazu. Herzlichen Dank an meine Lektorin und die vielen anderen, die an der Fertigstellung des Buches beteiligt waren.